刹那の純愛
～箱入り令嬢は狂犬と番う～

天ヶ森雀

ILLUSTRATION
石田惠美

蜜夢
MITSU YUME

CONTENTS

MITSU YUME

イラスト／石田惠美

刹那の純愛

~箱入り令嬢は狂犬と番う~

Setsuna no Jyunai

プロローグ

「本気で言ってるのか？」

武尊《ほたか》の目がスっと細められる。いつもの軽くてふざけた表情が消え、彼は凍てついた氷原のような冷たい空気を纏《まと》った。沙羅《さら》の背筋が震え、一気に体感温度が下がる。

彼女の心臓は早鐘を打ちはじめた。緊張と恐怖で声が震えそうになるのを、奥歯を嚙《か》み締めてグっと堪える。どんなに怖くても、沙羅にはもう後がない。

「本気、です。私を抱いてください」

一語一語、なんとか声を絞り出した。

武尊は無表情のまま、長すぎる前髪を無造作に払う。椅子から立ち上がり、彼の長い足はたった一歩で至近距離に来た。上背のある体がおもむろに覆い被さりながら、両手が沙羅の頰に伸ばされ、薄い唇が彼女のそれを覆った。

大きな手が沙羅の頰をがっちり固定し、強く吸い付かれて思わず目を閉じると、彼の舌がするりと潜り込んできた。容赦なく口の中を舐《な》められ、逃げようとした小さな舌も攌まって絡めとられる。濡《ぬ》れた粘膜が擦《こす》れ合う、ぬちゅぬちゅといやらしい音が鼓膜の内側で響いた。

「んっ、んん……っ」

上手く息ができなくて唇の端から唾液《だえき》が細く垂れてしまっていた。武尊の舌に翻弄され、背筋がゾクゾクして、腰の辺りが強く疼《うず》いてしまう。

ようやく唇を開放された時には息は上がり、目は潤んでしまっていた。そんな沙羅を、武尊はやはり怖いほど冷静な目で見下ろしている。

「……セックスとなったら、こんなんじゃすまねえぞ？」

なるほど、わざと怖がらせるための容赦のないキスだったわけだ。

念を押されて息を呑む。

『こんなんじゃすまない』

分かっている。――いや、分からない。ただでさえ男性恐怖症なのに、武尊と抱き合う行為が一体どんな痛みや恐怖を伴うのか、経験値がない沙羅には全くもって想像が付かない。しかしひとつだけ確信していることがあった。

沙羅は必死で両の手を伸ばし、武尊の肉付きの薄い頬に細い指を滑らせた。

「あなたじゃなきゃ、だめなの……」

武尊にしか頼めない。彼以外の、誰ともそんなことはできないだろう。

そのまま精一杯つま先立ちになって自ら彼に口付けた。勇気を振り絞って唇を開くと、舌を伸ばし、彼の唇をなぞる。少し震えてしまったのは、自ら男性に口付けるなんて初めてだったからだ。婚約者の北斗とさえ、手を握るのも難しかった。それほど、幼かった沙羅に刻み込まれた男性への恐怖は、傷となってずっと残ってしまっていた。

けれど武尊なら――。

沙羅の腰に回っていた武尊の手に力が籠もる。おずおずと唇を離し、彼の表情を窺《うかが》うと、切れ上がった目に欲望の灯がちらついているのが見える気がした。

――ああ、以前見た彼だ。獲物を狙う時の、獣のような目。

「……上等だ」

彼の唇の端が僅《わず》かに上がる。

――この人に食べられたい。

そんな埒《らち》もない想いが欲望かどうなのかすら、沙羅には分からなかった。

1．獣の住処への招待

（どうしよう……）

やはり車で来た方が良かったのかもしれない。

しかしどうしても今日中に彼に会いたかったのだ。沙羅の父親の会社の顧問弁護士の一人であり、婚約者でもある檜山北斗《ひやまほくと》に。会いたいと言ったら今日は朝イチで仙台に出張だと言われてしまった。

『君のお父さんがこんな時に本当に悪いけど、どうしても僕がクライアントに直接会いに行かねばならない案件なんだ。ごめん』

だけど沙羅にも時間はなかった。ヨーロッパで行方不明になってしまった父のこと。父の会社である匡貴《まさき》グループの、沙羅が所有している株券を譲るように脅してきた叔父のこと。どちらも、たとえ社長の一人娘であるとはいえ、沙羅一人の手に負える問題ではなかった。

こんな時に頼るべき立場の叔父が、思いもよらず沙羅の敵になってしまっている。経営にノータッチだった沙羅に、他の重役や役員で面識のある者はいなかったから、叔父が無理なら誰を信じていいか分からない。

残された頼れる相手は婚約者の北斗しかいない。

それなのに運転手の滝田《たきた》が運転する車は、事故渋滞に嵌《は》まって動けなくなってしまった。時間がない以上仕方ないと、沙羅は北斗に携帯電話で指示されるまま車を降りて徒歩で東京駅に向かっていた。既に大手町まで来ている。東京駅はすぐそこの筈だ。

しかし車を降りて間もなく、裏路地で変な男達に絡まれた。いかにも安っぽいジャケットを着た小柄な四角い顔の男と、ひょろひょろと縦に長い中年の二人組だ。

「お嬢さん、この通りを知りませんかね？　このビルに行きたいんですが」

一見愛想よく道を訊かれ、知らないと言ったのにしつこく食い下がってくる。

「あの、ごめんなさい。本当に私、急いでいるので……っ」

北斗が行ってしまう。新幹線に乗る前に直接会って話したいのに。

「まあ、そう言わないで。あんた、匡貴沙羅だろ？」

「え？」

安っぽい開襟シャツの男達はへらへらと笑いながら、沙羅の華奢《きゃしゃ》な体を更にひとけのない方へ追い込む。そこでようやく気付く。彼らは自分が匡貴敬吾《けいご》の娘だと知っていて声をかけてきたのだ。襟元からはちらりと入れ墨らしきものが覗いていた。

（逃げなきゃ……）

大声を出して助けを呼ぼうとした途端、縦長の男に口を塞がれた。

「あまり手荒な真似はしたくないんだがなあ……」

そう言う男の笑顔は微妙に歪《ゆが》んでいる。そのままみぞおちに拳を打ち込まれ、沙羅はガクリと地面に膝と手をついた。

「げほっ、……う、ぐっ……」

お腹が痛い。燃えるように熱い。それより上手く息ができず声が出ない。

「かは、かは……っ」

地面に手をついたまま、何度もえづきそうになる。

「おいおい、怪我はさせるなって言われてたろう。このまま車に連れていくぞ」

小柄な男がそう言い、背が高い方の男の左肩にひょいと持ち上げられて、パニックになりそうだった。怖い。このまま連れていかれる？　何処へ？　抵抗したいのに声が出ず体も上手く動かなかった。必死に腕で男の背中を叩《たた》いたが全く効いていない。

（やだ！　誰か助けて――！）

呑気な声が聞こえてきたのはその時だ。

「――おいおい、こんな朝っぱらからガキを誘拐かよ」

「なんだ、てめえ……っ」

先導していた小柄な男が凄んだ声をあげる。しかし沙羅は頭を縦長の男の背中側にして担がれていたので、声の主は見えなかった。声からすると若い男性のようだが。

（誰？　誰でもいい。助けて……！）

「関係ない奴はすっこんでな！　余計なお節介は怪我の元だぜ？」

「そうだよなあ？　俺も普段なら見ないふりすんだけど、今日は色々スっちまって機嫌が悪いからさぁ」

若い男の声はどこまでもふざけていて得体が知れない。

「頭の悪いガキは手に負えねえな。おい、いいからその娘を先に運んどけ」

どうやら先導していた小柄な男が兄貴分らしい。沙羅を担いだ男は命令されたとおり後じさって更に人気のない道に入ろうとする。そこでようやく沙羅の声が出た。

「いや、助けて！」

「このガキ、黙れ！」

「いや、いやぁ――――っ！」

口を塞がれそうになって、近付いた厚ぼったい手に噛みつく。

「いてっ！」

弾みで沙羅の体は地面に転げ落ちた。肩と背中をアスファルトに強くぶつけたが、必死に立ち上がろうと地面に手をつく。その時、沙羅を抱えていた男の体が真横に飛んでいた。

（え――――？）

男は二メートルほど先のビルの壁に打ち付けられて倒れ込んでいた。立ち上がる様子がないのは打ち所が悪かったのか、気を失っているらしい。見れば更に五メートルほど先に、先導していた筈の男も転がっていた。

そして沙羅の目の前に、長身の男が立っている。どうやら悪漢を殴り飛ばしたらしく、胸の前で手の平を合わせて組んだ手首を、ぐりぐりと回していた。沙羅を背負っていた男と同じくらい背が高かったが、こちらは広い肩幅と引き締まった腰がモデル並みに均整が取れている。

(誰……?)

その強烈な外見に一瞬、目を奪われた。

姿勢もいい。彫りの深い顔立ちもあって、一見、西欧系の外国人かと思ったくらいだ。二十代後半くらいだろうか。

とはいえこちらもあまりまともには見えない。

肩より長い金髪に濃いサングラス。黒革のミリタリージャケットとそこから覗く派手な柄シャツ。ブラックジーンズの裾はやはり黒いジャングルブーツの中に押し込まれ、長い足を一層スリムに見せている。

ワイルドな格好が似合ってはいるが、その分、好戦的な空気が滲《にじ》み出ていた。あのサングラスの奥には危険な色の瞳が隠されているのではないだろうか。

(ヤクザとかそっち側の人?)

沙羅は一瞬気を失いそうになるのを必死に耐えた。

「あ、お前ら――――!」

不意に男が振り返ったかと思うと、その視線の先で男達が走り去っていく。男は追いかけようとしかけて、沙羅を振り返った。沙羅は思わず首を横に振ってしまう。こんな派手ななりの男でも、一人にされるのは怖かった。また新手の暴漢が来るかもしれない。

そんな沙羅の不安を読み取ったらしく、彼は軽く肩を竦《すく》めると小さく息を吐いた。

「おい、立てるか？」

金髪男はそのままジャケットのポケットに両手を突っ込むと、沙羅を見下ろしながら平坦な声で訊ねる。

「あの、はい。ありがとうございました……」

見た目はどうあれ助けてくれたのは事実だ。沙羅は掠《かす》れる声で礼を述べた。

「へえ、育ちがいいんだな」

自分の外見に自覚がありそうな彼は、面白そうな口調でそう言うと、おもむろにサングラスを外して沙羅の前にしゃがみ込む。折りたたまれた足は長く、露《あら》わになった目は予想外に濃い睫《まつげ》毛に縁取られ、剝《む》き身の刀身のように鋭く美しかった。

沙羅の背筋がぞくりと震える。

そんな沙羅を男はじろじろと無遠慮に覗き込む。まるで心の奥まで覗かれそうで、沙羅は思わず目を伏せてしまった。

「普通、俺みたいな男が目の前にいたら、たとえ助けられたとしても礼も言わずに一目散に逃げ出すぜ？」

「それは……」

そうかもしれない。

実際できればそうしたいのは山々だったが、今現在、沙羅は満身創痍で動けない。みぞおちはズキズキするままだし、肩や背中も痛い。どうやら暴漢に振り落とされた時に足も捻《ひね》ったらしく、立ち上がることさえ覚束なかった。

しかしこれ以上彼の世話になるわけにもいかないだろう。沙羅は痛みを堪えてよろよろと立ち上がる。立ち上がった瞬間、足首の痛みに顔が歪むが、必死で耐える。

「あの、本当にありがとうございました」

そして丁寧に頭を下げた。その途端に頭がクラクラするのもなんとか堪える。駅に行かねば。そして北斗に会わねば。

「ごめんなさい、急いでいるのこれで……」

持っていたはずのトートバッグが手元にないことに気付き、辺りを見回す。すると金髪の男がいち早く「これか？」と落ちていたバッグを拾ってきてくれた。お礼を言ってから、内側のサイドポケットの中に入れていたスマートフォンを取り出す。北斗に連絡しなくては。

だが届いていたメッセージを見て一気に顔が陰った。

『ごめん、もう待てないので仙台に向かいます。夜に電話するから』

北斗はもう行ってしまったのだ。そして数日戻れないと言っていた。

「どうした？　彼氏に振られたか？」

「いえ、そんなんじゃ……」

ないといいかけて声が詰まる。泣きそうだったが泣きたくはなかった。けれど声を出せば嗚咽交じりになってしまうだろう。

「あっそ。見かけに寄らず強がりなんだな」

呆れたような声には答えず、何度か無理矢理深呼吸して立ち上がる。けれど歩き出そうとした瞬間よろけてしまい、そんな沙羅の体を男は軽く受け止めた。

「す、すみませ……」

言いかけたところでふわりと抱き上げられる。

「あ、あの……！」

「しかもかなり無謀ときた」

見れば男はさもおかしそうに笑っている。その邪気のない笑顔に沙羅の張り詰めていた心が一瞬解けた。

「とりあえずあの男達が仲間を連れてこないとも限らない。その前にずらかろうぜ」

「え、あ、はい……」

思わず素直に答えてしまう。

「俺は一ノ瀬《いちのせ》武尊。あんたは？」

相手が名乗ったからといって怪しくないとは言い切れないだろう。しかしはじめに名乗る男の態度に、僅かながら気が緩んだ。

「……匡貴沙羅です。あの、本当にもう歩けるから大丈夫です。下ろしてください」

「大丈夫なわけないっしょ。足腫れてきてるじゃん。とりあえず手当てできるとこに行こうぜ」

「え？」

沙羅を軽々と抱えたまま、武尊はずんずんと大股で歩いていく。

「あの、本当に、タクシーを捕まえられるところで下ろして頂ければ……っ」

「いいから黙ってな」

じろりと睨《にら》まれて声が出なくなった。今度はこの男にどこかに連れていかれるのだろうか。それともさっきの男達と実はグル……？

恐怖に血の気が引く。

そんな沙羅の恐怖をよそに、武尊は細い裏道を何度か曲がると、いかにも都心のマンションらしいスタイリッシュなタイル張りの建物の中に入っていった。そして二階の一室のドアチャイムを鳴らす。

「おう、キミカいる？　こいつちょっと診てほしいんだけど」

「ほーたーかー、うちに面倒を持ち込むなって何度言ったら……！」

扉の奥から現れたのは彼と同年代くらいの女性だった。但し寝起きらしく目は半開きで、髪はボサボサの上、すっぴんの顔には薄くそばかすが散っている。着ているものもパジャマ代わりらしきスウェットの上下といった出で立ちである。

「こいつはキミカ。職業は看護師だけどその辺の藪医者より腕は確かだから」

そう説明すると、武尊は勝手知ったるといった感じで部屋の中に入り、沙羅を部屋のソファに下ろした。

キミカと呼ばれた女性は波立つ栗色の髪をかき上げながら、武尊と沙羅を交互に眺め、アーモンド型の目を見開く。

「……武尊、あんた嗜好が変わったの？　子供相手は犯罪だよ？」

どうやら沙羅は未成年だと思われたらしい。小柄で地味な外見だからそう見られたとしてもおかしくはないかもしれないが、一応二十歳は過ぎている。

「アホか。こいつがそこで変な二人組に絡まれてたんだよ。病院はまだやってない時間だし救急よりはこっちが近いから連れてきた。逃げようとして怪我したみたいだから診てやって」

そこで初めてキミカと呼ばれた女性はうんざりしたように長い溜息《ためいき》を吐く。

「こっちはその救急の夜勤明けなんだけどね。……とりあえず診せて」

「は、はい」

「あら、足の腫れが酷いわね。他に痛いところはある？」

「えっと……さっきお腹を殴られたので、そこが」

それを聞いた途端、キミカは武尊に目で出ていけと合図する。肩を竦めた彼が隣のキッチンに消えた後、沙羅は促されておずおずとブラウスの裾を捲《まく》って見せた。男に殴られた箇所がドス黒さを帯びた、青紫に変色している。

「かなり内出血しているわね。できれば念のためこの後ちゃんと病院でレントゲンかCTを撮って貰《もら》った方がいいと思う」

「はい」

キミカの動きに無駄はなく、診断も早い。どうやら救急の看護師だというのは本当らしい。そして武尊が沙羅を手当てするためにここに連れてきたことも。信頼しても良さそうだと沙羅は音を立てず息を吐く。

「もっとも病院に行ったら原因を聞かれると思うけどね。どう見ても暴行の痕だもの」

「え」

「急に道で襲われたのよね？　なら出すでしょ？　被害届」

「あの、それは――」

キミカの言うとおりだとは思うが、今、警察に関わる余裕が自分にあるだろうか。父も……北斗もいないのに？　たった一人で？　それを知ったら叔父はなんて言うだろう。こちらの弱みにならないだろうか。

考え込んでいる間にも、キミカはテキパキと足首を消毒し、打ち身になっている肩も含めて湿布を貼ってくれた。

「ありがとうございました」

まだブラウスやスカートは汚れているが、傷口が清潔になっただけでもホッとする。何より湿布を貼ってテーピングして貰ったおかげか、捻った足首も少し楽になってきていた。

「終わったか？」

入り口をノックして武尊が戻ってくる。

「はい。このまま車を呼んで一旦帰……」

言いかけた沙羅の言葉を遮って、武尊が喋《しゃべ》りだす。

「それよかこれ、あんた？」

「え？」

目の前に差し出されたスマートフォンの画面に、一瞬面食らいながらも目を向けた。その途端、目が画面に釘付けになる。

ニュース記事の画面だった。読んでいる内に顔が青ざめていく。

東京駅で転落事故があり、階段から落ちた東京の弁護士である檜山北斗は一命を取り留めたが、彼を突き落として逃げた容疑者として、彼の婚約者である沙羅が全国に指名手配されていた——。

◇

「うそ、なんでこんなこと………」

ニュース記事を食い入るように見つめた後、沙羅は呆然《ぼうぜん》と呟《つぶや》く。

北斗が階段から転落？　つまりあのメッセージを打った後、ということだろうか。それより突き落とした容疑者が沙羅という言葉が上手く飲み込めない。結局沙羅は東京駅に辿《たど》り着けなかったし、北斗にも会えていない。彼を突き落とすなんてできるはずもなかった。けれど北斗が突き落とされたのだとしたら、一体誰に？　考えれば考えるほど意味が分からなくなる。

武尊にスマートフォンを返し、改めて自分のスマホを取り出して画面を見たら、ショートメッセージが届いていたので慌てて開いた。

『危険、今はご帰宅されませんようみをかくして』

「え？」

沙羅の家に長年勤めてくれている家政婦のふみさんからだった。

慌てて打ったのか、後半は漢字変換もされないままだ。

「家……、でも危険って？　でもそう、家に帰らなきゃ。それとも警察？　この場合は出頭になるの？」

スマートフォンを握りしめたまま、沙羅は何とか混乱する思考を整理しようと思ったことを口に出してみる。そんな沙羅の呟きを遮ったのは武尊だった。

「警察は……やめておいた方がいいかもしれないな」

武尊の言葉に、沙羅は目を上げて彼を凝視する。——どうして？

「展開が速すぎる。転落事故があったのはさっきだろ？　それなのにもう容疑者が特定されているって事は……最初からそう仕組まれていた可能性が高い」

沙羅の目が大きく見開かれた。

「そもそもなんであんた、あんなところで絡まれてたんだ？　東京駅に行きたかったなら電車やタクシーを使うのが普通だろ。近所に住んでいるんでもない限り、あんなとこを歩くか？」

「それは……近くまでは家の車で来たんですけど、渋滞に嵌まってしまって……そうしたら北斗さんが、その位置なら裏道があるから歩いた方が早いって……」

「で、あいつらの登場か。偶然にしちゃあ、できすぎてるな」

「そんな……」

「最近、身の危険を感じたことは？」

「――え」

即座に否定できず、言葉に詰まる。

身の危険と呼べるかどうかは分からないが、不審な出来事は続いていた。父の失踪。叔父の脅迫じみた行為。相談相手であるはずの北斗の転落事故。

さっき受けた暴行だって、普段なら有り得ないことだった。いつもなら運転手兼ボディガードの滝田が、沙羅を一人にさせるようなことはないからだ。

「あの時、あの二人があんたを連れ去って所在不明にすることで……事実を供述できなくなるようにしたんだろうな」

淡々と語る武尊の声に、沙羅の血の気はどんどん引いていく。

「あの！　それなら一ノ瀬さんが一緒に警察に来て頂ければ……！　さっきの件を警察に証言して頂ければ私の嫌疑も晴れますよね？」

ちょうど北斗が転落したと思われる頃、別の場所にいたと証言できるのは、沙羅を助けてくれた武尊だけだった。その事実に沙羅は縋《すが》り付く。

しかし武尊は無情にも沙羅の願いを退けた。

「悪いが、俺はあまり表に出られる人間じゃない。それに……あれだけ早く容疑者を特定したってことは、警察内部にも黒幕の息がかかっているやつがいないとも限らねえし。もしそうなら俺が出向くことでもっと厄介なことになりかねない」

「うそ……」

自分が置かれた状況が理解できず、沙羅の胸を絶望が襲う。

「あんたが絶対的に信用できる相手は？」

問われて言葉に詰まった。真っ先に浮かんだのは父親だったが、そもそも父が現在行方不明になってしまったことが全ての発端だった。仕事の為に出かけたイタリアとフランスの国境に近いホテルで、参加するはずだった提携会社との会議に父は現れなかった。朝、同行した秘書が朝食の支度ができたと知らせにいった時、父はもう部屋にいなかったと言う。自ら姿を消したのか、それとも誘拐されたのか、色んな可能性を視野に入れて現在捜索中である。

父の片腕だと信じていた叔父は、父が行方不明となった途端、社長の不正疑惑を並べ始め、会社の利権を要求していた。父親が不正？　そんなこと信じられなかったが、当人がいなくては確かめようもない。何より優しくて気のいい叔父だと思っていたのに、彼の豹《ひょう》変は青天の霹靂《へきれき》としか言いようがない。

そして婚約者であり父の会社の顧問弁護士の一人である檜山北斗は、転落事故にあったとニュースで見たばかりだ。今彼と連絡が取れたとしても、周り中に警察がいるのではないだろうか。武尊の言葉を信じるならば、敵か味方か分からない警察が。

更に何人かの友人の顔も浮かんだが、今、自分が置かれている立場を考えると巻き込むことはできないと思ってしまう。先ほど自分が受けたような暴力を、万が一にも彼女たちに受けさせるわけにはいかない。

「……わかりません」

結局そう答えるしかなかった。

「どっちにしろ遅かれ早かれここにも警察が来るかもな」

「え……？」

「スマホのＧＰＳ使えば一発だろ。もうこっちに向かってんじゃねえの？」

「！」

「ちょっとぉ、面倒はごめんなんだけど」

隣で聞いていたキミカが不満そうな声をあげた。

「あの、すぐ出ていきます！　手当をして頂いて本当にありがとうございました！」

慌ててこの場を立ち去ろうと腰を上げた瞬間、くらりと目眩《めまい》がした。急に立ち上がったことで貧血を起こしたらしい。

「俺を、雇ってみるか？」

「え……？」

よろめく細い体を支えながら、武尊が放った言葉に沙羅は顔を上げて彼を凝視した。

「雇うって、……どういう意味ですか？」

「そのまんまの意味だ。用心棒。ボディガード。名目は何でもいい。あんた、いいとこの娘みたいだから金はあるんだろ？　だったらあんたの安全を確保する役目を引き受けてやってもいいぜ。もちろん相応の謝礼ははずんで貰うが」

雇う？　通りすがりの、身元も分からないこんな男を？

次々に浮かぶ疑問符が更に混乱を招く。二人組に絡まれているのを助けてくれて、怪我の手当ができる場所までつれてきてくれたところまでは、まあ気まぐれな親切心と言えなくもないだろう。

しかしそもそもこの男を信用していいとも限らない。どう見たって堅気の格好ではなさそうだし、さっき警察には行けない立場だと言っていなかったか。つまりは反社会的な組織の一員ではないのだろうか。

そう思うのに、彼に引き込まれてしまっている不思議な感覚があった。

そもそも身内が誰も信用できないなら、いっそ全く関係ない人間をお金で雇った方が安心だろうか。

「もちろん最寄りの警察署までエスコートしてもいいぜ？」

武尊がふざけたようにぐるりと目を回す。

「……いいんですか？」

「あ？」

「一ノ瀬さん、でしたよね？　あなたこそ私を連れていけばどんなトラブルに巻き込まれないとも限りません。さっきの男達は私を殺そうとまではしなかったけど、他人を傷付けることになんの躊躇《ためら》いもありませんでした」

つまりは命がけになるかもしれない、ということだ。

しかし武尊はへらへらした表情を崩さずに言った。

「構わねえさ。ちょうど退屈してたところだ」

その言葉がふっと腑《ふ》に落ちる。つまり彼はそういうタイプに見えた。安定と安寧を享受するのが当然として生きてきた沙羅とは正反対に、危険と背中合わせのスリルを楽しむような。

彼が強いのも事実だ。さっきの男達をあっという間にのしてしまったのだから。気まぐれに危険を引き受ける程度には腕に自信があるのだろう。そして危険を事前に察知するような能力も。

沙羅は覚悟を決めてスマートフォンの電源を落とす。最低限これでＧＰＳでは追えなくなるはずだ。この派手な男を信用していいかどうか分からない。寧ろ危険が増す可能性も高い。

その時、窓の外から小さくパトカーのサイレンの音が耳に入る。

馬鹿なことをしようとしている。あのパトカーのサイレンが沙羅を探しているとは限らないだろう。そう思ったが、もう迷っている暇もなかった。

「分かりました。あなたを雇います。安全な場所へ連れていってください」

武尊の目が細められ、口の端を上げてニヤリと笑う。

「いい度胸だ。気に入った。キミカ、悪いけど車借りるわ」

「言っとくけど！　壊さずに返しなさいよ⁉」

キミカは呆れたような、うんざりしたような声を出したが、引き留めもしなかった。慣れているのかもしれない。

「手当してくださってありがとうございました。このお礼はいつかきっと――」

沙羅がひたむきな目でキミカの手を取ると、彼女は肩を竦めて小さな溜息を吐く。

「武尊はバカみたいに強いけど、その分危ない男だから気をつけて」

「はい」

「行くぞ、急げ」

武尊に促され、沙羅はキミカの部屋を後にする。マンションの隣の立体駐車場からテンキーで車を呼び出し、出てきた黄色い軽自動車の後ろに回ると、武尊はトランクを開けてごそごそと紙袋を取り出した。

「検問があるかもしんねーから、一応これに着替えな」

「え？　えっと、どこで――」

「生憎試着室は用意してねえな」

不遜な物言いに沙羅はぐっと息を飲み込むと、後部座席のドアを開けてその陰で、言われるまま着替える。武尊の格好に合わせたような派手で露出の多いワンピースだった。キミカのものだろうか。

一瞬躊躇《ちゅうちょ》するが、迷っている暇はないと思い直す。もし警察が沙羅を探しているなら、多少の偽装は必要だろう。

「これでいいですか？」

今まで着ていた薄いクリーム色のブラウスやスカートと違って原色が入り交じっているいかにも安っぽいワンピースは、オフショルダーで胸も余っている。しかし沙羅のイメージからは確かに程遠いものだった。

「あとはかつらとグラサンと……化粧道具は？」

「あ、一応……」

トートバッグに化粧用ポーチも入っていたが、いずれも地味な色が多かった。

「しょうがねえなあ」

武尊はグローブボックスの中にあったポーチを取り出し、中から派手な色のルージュを一本抜き取ると、沙羅のおとがいを捕まえてわざと唇からはみ出す勢いで塗りたくった。

「……まあ、こんなもんだろ」

頬や顎に彼の大きな手の体温が伝わり、吐きそうになるのを堪える。大丈夫。しっかりしなさい。今は怯《おび》えている場合なんかじゃない。

「じゃあ、行くぞ」

「はい」

二人を乗せた車はそのまま地下の駐車場から走り出していった。

◇

武尊が懸念していた通り、警察が検問を実施していた。だが武尊は全く動じる様子もなく、警察の誘導に従って車を一時停止し、ウインドウを開けて免許証を提示する。その間、沙羅は帽子を深く被って助手席に身を沈めていた。

「隣の子は？」

警察に訊かれると「カノジョです」と打ち合わせ済みの答えを言う。

検問の警官は胡乱《うろん》な顔で沙羅に名前と生年月日を訊ねた。沙羅はわざと実際より二つ下の二十一歳だと答えた。もちろん日付も全くのでたらめだ。

「干支と星座は？」

こちらも車に乗っている間に武尊と打ち合わせてあったから、織り込み済みですらすら答える。それでも警官は疑わしそうに沙羅を見ていた。恐らく沙羅の顔写真が捜査網にデータ表示されているのだろう。その沙羅の顔と今の変装した姿を見比べられているのが見て取れた。イメージはかなり変えているはずだが、さすがに身体的な特徴は変え難い。

沙羅は意を決して助手席のシートベルトを外すと武尊の首に抱きついた。

「もうやだぁ、なにこれぇ、もう帰りたい～」

事前に指示されたとおり、必死で舌っ足らずの甘えた声を絞り出す。武尊はそんな沙羅の頭を抱き寄せ、頬を撫《な》でながらそこにキスした。他人に触れられる緊張感に、背中が震えそうになるのを必死で耐える。大丈夫。何故か嫌悪感はない。

「あー、よしよし。おまわりさんも仕事なんだからしょうがねえだろ？」

頭を撫でていた大きな手は肩を滑り落ち、胸元をまさぐった。沙羅の体が恐怖でびくりと震える。しかし警察官はそう思わなかったようだ。単純にバカップルがいちゃついているると見て苦い顔をする。武尊が更に念を押す。

「おまわりさん、もういいっしょ？　こいつ結構人見知りなんで」

「……まあいいだろ。ご協力ありがとうございました」

判で押したようなお礼の言葉を背に受けて、武尊は車を発進させた。

◇

幸い、後は特に検問もなく、ごちゃついた都内の裏道を抜けて環状線沿いの古ぼけたビルに着いた。地下の駐車場に車を入れ、小さなエレベーターで最上階まで上がる。九階建てだったからさほど高くはないが、エレベーターホールの窓からは高速を走る車の流れが見渡せた。窓が防音らしくうるさくはない。見た目と違って中は最新式らしく、武尊は静脈認証で部屋のロックを解除した。

「え……？」

ドアを開けて部屋の中を見た途端、外見からは想像もしなかった光景に、沙羅はポカンと目を見開く。

広いワンルームの室内は、床の高さを少しずつ変えてダイニングキッチンや、パソコンやいくつものモニターが置かれたワークスペース、対角にベッドコーナーと別れている。打ちっぱなしのコンクリートの壁際に家具はなく、ダークブラウンの木目のオープンシェルフが部屋を区切るように並べてあった。

床やシェルフの上に置かれたいくつもの観葉植物が、ともすれば簡素になりそうな部屋に彩りを与えている。

パキラ、ベンジャミナ、オリーブ、シーグレープ、モンステラ――、一際大きいのはドウダンツツジだろうか。フェイクグリーンでないことは、その瑞々しさで一目瞭然だった。よくよく見れば小さなアクアリウムやテラリウムも置かれている。

「元々デザイナーかなんかの事務所兼自宅だったらしいが、借金で夜逃げしたのを居抜きで買い取ったんだ」

武尊は事も無げにそう言った。

つまりは武尊の趣味ではなく、あくまで先住者の好みということだろうか。それにしては、武尊とこの部屋の雰囲気は何故かしっくりと合っている。

「外装は目立たない上に、セキュリティシステムは整っているから、隠れるのにちょうどいいだろう？」

沙羅は口を開けたまま何も言えなくなっていた。どんな場所に連れてこられるのか、想像できていたわけではないが、こんな部屋だと思っていなかったのは確かだ。思い浮かぶのは普通のマンションの一室か、あるいはうらぶれた倉庫のような部屋か。まさかこんな風に洗練された独特な部屋だとは思ってもみなかった。

まるで武尊という獣が住む、深い森に迷い込んだみたいだ。

戸惑う沙羅をよそに、武尊は自分のスマートフォンを取り出して誰かと通話し始めた。

「……ああ、そう、俺。ちょっと用意してほしいものがあるんだけど……、女物の下着と着替えを何着か……サイズは大体MとSの間くらいかな。だあぁっ、そんなんじゃねえって！　あと食いもんだな。ああ、すぐ食えるもんをテキトーに見繕って……わぁってるって、ちゃんと金は払うから……ああ、頼んだぜ」

音声通話を切ってから、目をぱちくりさせている沙羅に向かってニヤリと笑う。

「下の階に便利屋がいるんだ。頼めば大抵のものは用意してくれる。便利だろ？」

沙羅は無言で首を縦に振った。自分に何が起きているのかよく分からない。いや、分かってはいるはずだが、感情が追いついてこないと言った方が正しいだろうか。

自宅が危険になり、会ったばかりの男に連れられ、見たこともないような部屋にいる。父が行方不明になってからこの数日、沙羅の生活はめまぐるしく変化していた。そしてこの数時間はとてつもなく緊張を強いられる時間だった。

しかしこの部屋の不思議な空気が、張り詰めていた沙羅の心をふわりと撫でる。

「……って、おい！」

不意に床の感触がなくなった気がして、急速に世界が暗転し、沙羅はその場に崩れ落ちて意識を失った。

◇

夢を見る。

深い森の中にいる。不思議と怖くはなかった。そして心のどこかでこれは夢だと知っている。

何かを探していた。何かを探さなきゃいけないと思っている。手がかりは頭の上に残った感触だけだった。

大きな温かい手。低い声。

『もう大丈夫だから――』そう言って頭を撫でられた。

人と触れ合うのが苦手な沙羅にとって、何故かその感触だけは心地良いものとして残っている。なんだったろう。あれは何の記憶だろう。懐かしい気がするなんて何故？

それさえ見つかれば、私はこの森で――。


その思考の続きに至る直前、意識がすっと浮上した。目が覚める。視界には薄暗い天井があった。コンクリートが打ちっぱなしの天井には、レールでぶら下げられた照明があちこちを向いていて、わざとベッド周りは調光を落としてあった。自室のオフホワイトの天井とは全然違う。

（ここ、どこだっけ……）

ぼんやりとした頭で考えようとして、不意に腹部と足首の痛みに気付く。その途端、一連の出来事が一気に蘇《よみがえ》った。

（そうだ、私、一ノ瀬さんに連れられて……）

「気が付いたか？」

静かな声が耳に届き、音も立てずに近付いてきた長い影が沙羅を見下ろす。会った時にかけていたサングラスは外され、長い金髪に縁取られた綺麗《きれい》な素顔が覗いていた。

森の中の優美な男神。あるいは獣の王。そう思わせるほど、淡い光を背負った彼の顔立ちは美しかった。

こんな時にそんなことを考えてしまう自分がおかしい。

「すみません あの、私は……」

なぜこんなところで寝ているんだろう。

「急に倒れた。たぶん緊張の糸が緩んだんだ。体温や呼吸に異常はなかったし、しばらくはそのまま休ませた方がいいだろうと思ってベッドに運んだ」

「ありがとうございます」

お礼を言いながら寝台の上に身を起こす。武尊の手がそっと背中に当てられた。しかし嫌悪感はないのが不思議だった。

「私、どれくらい眠っていたんでしょう」

「三時間くらい、だな」

「そんなに……」

来たばかりの場所で、そんな風に無防備に時間を過ごしてしまったなんて、どう反応していいか分からない。

「色々混乱して当然の状況だったしな。少しは落ち着いたか？」

「あ、はい……」

言われてみれば、眠って気分は少しすっきりしている。状況は何も変わっていないのだが。

「殴られた腹とかは？」

「まだ少し痛みますけど、大丈夫です」

「そっか、なら良かった」

ふわりと微笑んだ武尊の目が優しくて、胸の奥が少し温かくなる。

（なんでだろう。やっぱ悪い人には見えない）

武尊を全面的に信頼するには、彼のことを何も知らなすぎると思う。そんなに簡単に信じては危険だとも。だけどどこか信じたくなる雰囲気が彼にはあった。

「とりあえず飯にしようぜ。腹、減ってるだろう？」

「あ、はい」

正直空腹は感じていなかったが、せっかくの親切に水を差すのも悪い気がして一緒に食卓に着く。ダイニングテーブルの上にはデリで買ってきたらしきサンドイッチや温め直したポタージュ、大量のフライドポテトとフライドチキン。ところ狭しと広げられたその量に沙羅は唖然《あぜん》とするが、武尊はブルドーザーのような勢いでバクバクと口に入れていく。

「食えそうなもん、ないか？」

沙羅があんぐり口を開けてフリーズしていたのを見て武尊がムシャムシャ食べながら声をかける。

「い、いいえ。大丈夫です」

慌てて手近にあったサンドイッチを手にすると「頂きます」と囁《ささや》くように言ってから口にした。軽くトーストした薄切りの胚芽パンに、ローストビーフとキャロットラペが挟んである。僅かにホースラディッシュの苦味が感じられて美味しかった。

「美味しい……」

素直にそう呟くと、「そら良かった」と武尊は笑い、肉やポテトの皿をどんどん空にしていった。

人心地付いた辺りで彼は切り出す。

「今後のことだが……」

「あ、はい！」

沙羅の顔に緊張が走り、背がピンと伸びた。

「とりあえず先に、あんたから聞いた今までの経緯をまとめとこう。いいか？」

沙羅は無言で首を縦に振る。

「あんたは全国展開しているホテル『アデストラ』グループの社長、匡貴敬吾の一人娘で、匡貴沙羅。しかし五日前、ヨーロッパに出張中の父親が行方不明になり捜索中。そんな中、あんたの叔父であり会社の副社長である辰宮慎一郎《しんいちろう》――こいつはあんたの父親の妹の旦那、だよな――が、敬吾の失踪は不正に関わっていた為のトラブルだと言い出した。そうだな？」

武尊は沙羅が食事をしながらぽつぽつと語っていた内容を、簡潔にまとめる。

「叔父は……父がヨーロッパマフィアと取引で揉《も》めたのでは、と……」

「そこであんたは婚約者であり会社の顧問弁護士の一人でもある檜山北斗に相談しようとしたが、檜山からは出張があるからと断られ、それでも何とかして会おうと東京駅に向かう途中、怪しい二人組に襲われた。同時刻付近、檜山北斗は駅の階段で何者かによって突き落とされ、怪我を負って入院。あんたはその犯人として疑われ、警察に追われている。OK?」

「はい。間違いありません」

「そうすっと、親父さんの失踪に関して一番怪しいのはやっぱあんたの叔父さんだろうな」

「………………」

認めたくはないが、沙羅もそう思わざるを得なかった。色んなことが一度に重なりすぎている。

「あと、下手すると婚約者とやらもそっちと繋《つな》がっている可能性がある」

びくり、と沙羅の肩が震えた。

「それは……」

考えたくはなかった。しかし元々北斗を沙羅に紹介したのは叔父の慎一郎だった。

「でなきゃ、あんな風にタイミングよくあんたが襲われるのはおかしい」

武尊はそう静かに言い切ると、フォークで残っているチリポテトをつつく。

「檜山北斗があの二人組に直接指示したんじゃないにしても、あんたの情報を流していたのは、まあ間違いないだろう。もしくはあんたに車を降りるように仕向けるよう指示されていたか」

泥を飲み込むような気分で沙羅は頷《うなず》いた。あの二人は間違いなく沙羅の素性を知っていた。

「北斗さんは……大丈夫でしょうか」

聞いても仕方ないと思いつつ、言葉が漏《も》れてしまう。北斗の正体がどうであれ、入院するような怪我を負っているのは心配だった。彼自身、何らかのかたちで利用された可能性もあるだろう。

「一応、命に別状はないらしい。頭を打ったらしく念のため精密検査を受けているが、あとは右足の骨折だそうだ」

「え？」

「言ったろ、キミカが救急の看護師だって。その伝手でちょっと探って貰った。『今朝の転落事故の患者、入院先分かるか？』ってな。場所が分かってれば搬送先は大体見当が付く」

「そうなんですか。たいしたことがないのなら良かった……」

思わず安堵《あんど》の声が出た。北斗の正体がどうであれ、酷い怪我なんてしてほしくない。

そんな沙羅の顔を、武尊は冷めた目で見つめる。

「あんた、優しいんだな」

武尊の感情のこもらぬ声に、沙羅は顔を上げてきょとんとした。武尊の真意がよく分からなかったのだ。皮肉なんだろうか。婚約者を陥れたかもしれない男に、無事で良かったということが？　それとも他に何かあるのだろうか。

そんな沙羅の戸惑いをよそに、武尊は沙羅が思いもしないことを告げた。

「檜山北斗に、会いにいってみるか？」

沙羅は大きな目を見開いて武尊を見つめる。

「そんなことができるんですか⁉」

「入院している場所が分かれば不可能じゃないだろ？　面会謝絶の重体ってわけでもねーみてーだし、変装しちまえば病院の出入りは難しくない」

「でも警察とか」

事故ではなく事件扱いなのだ。入院場所に警察の見張りがないとも限らない。

「その辺はどうとでもなるさ。あんたがどうしたいかを確認したい」

にやりと口元を歪《ゆが》ませる不穏な武尊の物言いに、沙羅は口を噤《つぐ》んで考え込む。

確かに北斗に会って聞きたいことは沢山ある。彼がどこまで今回の件と関わっているのかも。

武尊はどんなやりようもあると言った。もちろん正攻法ではないのだろうが。

「会います」

彼の切れ上がった瞳を見据え、沙羅は小さな声で、けれどきっぱりと言った。危険はあるかもしれない。けれど直接会って自分の目で確かめたい。彼の声色、仕草、沙羅を目にした時のリアクションの全てを。

「上等だ」

武尊は更に口の端を上げて嬉しそうに笑った。

◇

それから軽く一悶着《もんちゃく》あった。武尊が沙羅にホテル等の別の部屋をあてがおうとしたのだ。

「だってとりあえず連れてきちまったけど、この部屋ワンルームだし、居辛いんじゃねえの？」

言われてみればその通りなのだが、武尊と居を別にすることには抵抗があった。恐らく知らない場所で一人になるのが怖いのだ。

とは言え確かにベッドはひとつしかないし、武尊にとっては邪魔なのかも知れないと思う。

「あの、なるべく迷惑かけないようにするのでここに置いてください。ベッドも武尊さんが使って頂ければ……私はソファで十分なので」

部屋の中央、リビングスペースにある革張りのソファは、かなり大きいので沙羅が寝るには充分な広さだった。

「あー、それもなー……」

沙羅の提案に武尊は苦い顔になる。意外とジェントルなのかもしれない。

「だって元々ここは武尊さんのお部屋ですし、雇用関係と言ってもまだ全然お支払いもできてないわけで」

これ以上迷惑をかけられないというのが沙羅の本音だった。

しかし武尊は釈然としない顔を崩さない。

そこで武尊が提案してきたのは、壁際のベッドを囲むようにオープンシェルフを並べ、衝立代わりにする方法だった。ハンガースタンド等も利用し、間に予備のシーツをかけて目隠し代わりにする。やってみたら、鍵はないが一応それで簡易の個室の体になった。

「とりあえずあんたはこっちを使ってくれ。着替えとかの度に目を逸らさなきゃならねえのも面倒だしな。俺はソファでいい。それが気になるようなら追加料金にしとくから」

そう言われてしまうと沙羅も頷かざるを得ない。

「でも本当にいいんだな？　俺とこの部屋を根城にしたままで」

「はい」

沙羅が素直にそう答えると、武尊はそれ以上何も言わなかった。

◇

話が付くと、武尊に勧められてシャワーを浴びた。着替えや簡単な基礎化粧品のセット類は、沙羅が眠っている間に便利屋が届けてくれたらしい。

熱いお湯を浴びながら、沙羅は痣《あざ》になっている腹部に目をやる。

怖かった。彼らは暴力を使うことに何の躊躇もなかった。もしあそこで武尊が通りかからなかったらどうなっていたか――、一歩間違えれば殺されていたかもしれない。

その可能性に思い至って、沙羅は父の消息に思いを馳せた。

父が、危険な目にあっていたらどうしよう。あんな風に人を傷つけることをなんとも思わない者たちと一緒にいるのだとしたら――。

「お父様――」

呟いて泣きそうになる。

父を助けたかった。けれど沙羅自身が今は危険な状況に置かれている。

これからどうなるのだろう。不安で仕方がなかった。

誰かに助けてほしかった。

◇

浴室の方向からシャワーの音が聞こえる。沙羅が今、使っているのだ。

初めて訪れた素性もよく知らない男の部屋で、浴室を使うことに沙羅は多少の躊躇いを見せたが、内鍵があると伝えると「それじゃあお借りします」と、便利屋に届けさせた着替えを胸に抱えて入っていった。

広いワンフロアの、バスルームとちょうど対角にあるワークスペースで、武尊は自分のスマートフォンを取り出して、登録されている数少ない連絡先をタップする。

「……俺だ。匡貴の娘はこちらで無事確保した」

通話口の向こうで唸《うな》るような声が聞こえる。

『……良くやった。そのまま信頼を得るように。——但し、分かっているとは思うが深入りはするなよ？』

武尊はそれに答えることなく、通話モードを終了した。

もちろん、そんなことはよく分かっている。

2．『逃げてもいい』

「お前は一体何なんだ⁉」

東京駅の、新幹線ホームに向かう長い階段で転落した檜山北斗が、都内にある某大学病院に入院してから三日が経っていた。

病室に現れた看護師は、「検査のためにこちらへ」と、北斗を車椅子に乗せてそのままエレベーターに乗った。見張りの刑事がほんの少し目を離した時の事だ。

スライド式のドアが閉まった途端、首の後ろに鋭い痛みが走り、北斗は気を失う。気が付けば、窓ひとつない薄暗い小部屋にいた。

目の前には濃いサングラスをかけた白衣の男が一人。医者にも見えるが、今までの診察では見た覚えがない。

とは言え意識を失わされた事実の方が不快だった。首の後ろの痛みはもうなかったが、あれはなんだったのだろうか。

「余裕だな」

男は少し笑ったように見えた。

「は？」

「あんたはもっと自分の身の心配をした方がいい」

「な……？」

ただでさえ車椅子に座って低い位置に視線がある北斗は、長身の男に見下ろされ、静かに恫喝《どうかつ》されていることにやっと気付く。

「僕を……どうする気だ」

怯えていることを悟られぬよう、必死で平静を保とうとしたが、語尾が微かに震えていた。

「さて、どうしようか？」

男が振り返ると、ガタイがいい彼の数歩後ろに、小柄な女性が隠れていたことに気付く。部屋が薄暗いせいか、輪郭がぼんやりして見えるのは気のせいだろうか。

「——沙羅ちゃん！」

「こんにちは、北斗さん」

「無事だったんだね！　君がいなくなってどんなに心配したか……！」

車椅子から立ち上がって、沙羅に駆け寄ろうとした北斗を間にいた男が止める。

「おっと、彼女に近付くんじゃない」

体を軽く押され、再び車椅子に座り込む。北斗は更に屈辱に顔をゆがめた。

「沙羅ちゃん、この男は一体なんなんだ！　それに君はどうして……」

「どうして北斗さんを突き落としたのかってことですか？　それともなんで拉致されたはずの私がここにいるのかってこと？」

「それは……」

沙羅の淡々とした言い方に、北斗はショックを受けた顔になる。

「……それじゃあ、本当に君が僕を突き飛ばしたのか？」

北斗は沙羅の生死より、自分の身に起きた危機の方が気になるらしい。

「あなたがそう証言したんじゃないんですか？」

「馬鹿な！　僕がそんなことを言うわけないだろう！」

語調は荒いが、北斗の声は僅かに震えていた。

「じゃあ、なぜ彼女が指名手配されているんだ？」

「それは……僕と一緒に仙台に行くことになっていた秘書がそう証言したらしくて……僕はずっと意識を失っていたし……」

「秘書というと山田さん？　彼が私を見たと言ったんですか？」

「あ、ああ。でも僕は信じていなかったよ、もちろん！　虫も殺せないような沙羅ちゃんがそんなことをするはずない……」

弱々しい笑顔を沙羅に向けて、北斗は呟くように言った。

「じゃあ、私に車を降りて東京駅まで来るように指示したのは？」

「そりゃあ、君がどうしても僕に会いたいって言うから」

「駅に向かう途中、私は変な男達に襲われて攫《さら》われそうになりました」

「バカな……！」

沙羅が淡々と告げる内容に、北斗は見る見る青ざめていく。

「そのことに関して、北斗さんは何も知らなかったんですね？」

「当たり前だろう！」

沙羅の語尾に被せるように北斗が叫ぶ。しかし微かに早すぎる答えは、僅かに違和感を生じさせていた。白衣の男は覆い被さるようにして北斗の顔を覗き込む。

「お嬢ちゃん、ちょっと目を瞑《つむ》ってな」

「え？」

沙羅の答えも待たず、男は北斗の病院着の胸ぐらを摑むと、彼の上半身を浮かせて首元を締める。

「お、おい！　何をする気だ！」

北斗は自分の胸ぐらを摑む男の腕を引き剝《は》がそうとしたが、白衣に包まれた太い腕はピクリとも動かない。男は空いていた方の手で白衣のポケットから細い飛び出しナイフを取り出す。そして北斗の首筋に鋭い刃を当てた。

「お願い！　乱暴なことはしないで！」

背後で沙羅が叫んだが、やはりその腕が緩むことはなかった。

「あんた、弁護士ってことは頭がいいんだよな？　じゃあ選ばせてやるよ。今ここで本当のことを言うか、……それとも二度と弁護士ができない体になるか」

威圧感のある静かな声が、北斗の恐怖心を煽った。自分に覆い被さっている男の目は嬉しそうに輝いている。この男はまともじゃない。このままじゃ殺されるかもしれない。言い知れぬ恐怖で、北斗の頭の中は完璧にパニックを起こしていた。

「お願いだ！　殺さないでくれ！　なんでも言うから頼む‼」

北斗の額には脂汗が浮いている。

「さっきお嬢ちゃんが突き落とすはずがないと言ったが、じゃああんたを突き落としたのは誰なんだ？　まさか自分で落ちたわけじゃないよな？」

「……っ」

男の問いに、北斗の声が詰まる。しかしその途端、男の腕は北斗の首を締め上げてきた。冷たいナイフの刃が首筋に食い込みそうになる。

「違う！　相手の姿は見ていないが、本当に誰かに突き落とされたんだ。でも、沙羅ちゃんが犯人じゃないと僕は信じてる！」

「それなのに彼女は容疑者として手配されている。理由は分かるか？」

「し、知らない」

息を止められそうな恐怖からか、今度の返答は早かった。

「じゃあ、彼女に車から降りて歩くように仕向けたのは本当にお前の意思か？」

一瞬、北斗の目が泳ぐ。彼は躊躇いながらも口を開いた。

「……ち、違う。そう言うように命令されたんだ」

「ほう……やっと素直になってきたな。で、その命令を下したのは？」

「そ、それは……」

またしてもストッパーがかかる。北斗に指示した人物は、彼にとってそれだけ重要な相手なのだろう。

「おや、また声が出なくなりそうか？　喋れない弁護士なんて失業するしかないんじゃないのか？」

男の声は残酷な笑いを含み、北斗の恐怖心は最高潮に達していた。死にたくない。

「た、辰宮さんだ！　あの人の秘書がそう連絡してきて……それで！」

「よーし、いい子だ」

男は腕の力を緩めると、北斗に顔を近付けて言った。

「いいか？　今あったことは全部悪い夢だ。悪い夢は忘れるに限るだろ？　匡貴沙羅は現状にショックを受けて絶望している。なにせ父親がいなくなり、婚約者に裏切られたんだからな」

男の言葉に、北斗は震えながら沙羅の顔を窺う。沙羅は悲しそうに目を伏せた。

「北斗さん、もうあなたにお会いすることはないと思います。――さようなら」

沙羅がそう言い終えた途端、彼女の姿がふっと消えた。

「ひぃっ……！」

「おやおや、かわいそうに。もうとっくに彼女はこの世を儚《はかな》んでたか……俺の言っている意味が分かるか？」

北斗は青ざめながらがくがくと壊れた人形のように首を縦に振る。

「俺の目を見ろ」

男はサングラスをずらして北斗の目を覗き込む。北斗の喉が恐怖でひゅっと鳴る。

「今から三つ数える。その間に俺に会ったことは忘れるんだ。分かったな？　ひとつ、ふたつ、みぃーつ……」

最後まで聞き終えないうちに、北斗は意識を失った。

◇

病院の駐車場で車に乗り込んだ時には、武尊はもう白衣は着ていなかったし長い金髪を押し込んでいたウイッグも外されていた。トレーナーにジーンズというありふれた格好で、沙羅も帽子を深く被って長い髪は全て中に押し込み、簡単な変装をしている。

「割と簡単だったたな」

沙羅が消えたように見せるトリック用の道具が入った大きなカバンを後部座席に放り込みながら、事も無げにいう武尊の横で、助手席の沙羅は黙り込む。

「俺の少々乱暴なやり方がお気に召さなかったかな？」

からかうような声の響きに、沙羅は少し慣れてきていた。

「いえ、時間がありませんでしたし、効率的な方法だったと思います」

見ていて決して楽しい気分にはなれなかったが。

「まあ、どう考えても今回の黒幕はあんたの叔父貴ってこった」

「そう……ですね」

『誰が』と言えば確かに叔父しかいないのだろう。しかし何故？　叔父とて会社の上層部の一人であることは確かだし、それなりの地位や権力もあったはずだ。社内のトップという意味で父が目障りだったのだとしても、父の子供は娘である沙羅だけで、公式な跡継ぎとされていたわけでもない。つまりは父の後継者が叔父になる可能性もあったわけで、こんな風にリスクを負ってまで陰謀を巡らせる必要があったとは思えない。

それともかなり前からその心積もりがあって準備してきたんだろうか。今日のことを見越して叔父は？

「北斗さんは——叔父からの紹介でした」

つるりと声が出た。吐き出さなければ喉の奥に溜まっているモヤモヤした闇が、沙羅の体の内側をどんどん侵食していきそうだった。

「へえ？」

武尊はハンドルを握ったまままちらりと助手席の沙羅に目をやる。

「元々、私は男性が苦手で、それというのも……」

言いかけて黙る。こんなことを武尊に話す必要があるだろうか。

「続けて」

促されて、それでも数秒迷った後、再び口を開いた。

「――小学生の頃、登下校は父が雇った運転手さんに車で送迎して貰っていました。だけど同級生が電車で登下校しているというのを聞いて、どうしても自分でもやってみたくなったんです。それで父にせがんで、一日だけ電車で通うことを許して貰いました。初めての冒険に私はすごい緊張と興奮が止まらなくて、でも一人で電車に乗れることに得意になって。運転手さんは私のボディガードも兼ねていたから一緒に電車に乗るはずだったんですけど、どうしても一人で登校してみたかった私は無理を言ってその日は彼に駅の改札口で見送って貰ったんです。でも――」

あの日のことを思い出すと、今でもおぞましさに震えそうになる。

「痴漢、に、あって」

冷静に話そうとしたのに、喉の奥が貼り付いて声が詰まる。

「……ああ」

武尊の短い相槌に少し救われた。珍しいことではないのだ。

その日の車内は混んでいた。ちょうど混み合う時間帯ということに加え、他の線で人身事故があり、普段以上に人が流れてきていた。

沙羅は当時四年生だったが、その頃から小柄だったのもあり、もしかしたら低学年くらいに見えていたかもしれない。満員電車の後ろに立った男は背広を着ていて、いかにも通勤途中の会社員みたいな格好だったから、多少変な動きをしていても疑いもしなかった。周りの人に押されて沙羅の方にくっついてくるのだろうと。

しかし大きな手は明らかにランドセルの下の沙羅のお尻に当てられ、沙羅が黙っているとそのまま撫で回し始めた。

（え？　なに？）

驚きの余り、声が出なくなる。自分に何が起こっているのかわからなかった。電車で痴漢行為を働く者がいるというのは、知識としては知っていたが、当時の沙羅には遠い世界の出来事でしかなかった。ましてや初めて乗った電車でいきなりそんな目に遭遇するなんて想像もしていなかった。恐怖で頭の中は真っ白になり、ランドセルに付けてある防犯ブザーの存在さえ抜け落ちる。

沙羅が黙っていることに男は気を良くしたのか、今度はスカートの下に手を入れようとしてきた。

血の気が一気に引き、ナメクジが肌を這《は》うような不快感と恐怖が体の中に充満する。

蚊の鳴くような声で「いやっ」と言ったが、ちょうど車内アナウンスと被ってかき消されてしまい、沙羅は泣きそうになった。背後の男の息が荒くなる。

嫌だ、気持ち悪い、気持ち悪い――。

「たすけ、て……っ」

そんなか細い声が聞こえたのかどうか、近くにいた沿線の高校の制服を着た少年が「おい！」と声をかけてきた。

「はぐれるなって言ったろ」

少年は沙羅の腕を引っ張ってその痴漢から引き離し、キッと彼を睨み付けた。

「この子に何か？」

ちょうど電車が次の駅に着き、痴漢の男は返事もせずそのまま人混みを逃げていく。

少年は「大丈夫か？」と声をかけてきたが、彼の顔をまともに見ることもなく、沙羅はその場で気を失った。


気絶してからの後の事は良く覚えていないが、助けてくれた少年が沙羅の制服から当たりを付けて、駅員に学校に連絡するよう頼んでくれたらしい。気を失った沙羅はそのまま学校から連絡を受けて迎えに来た家の者に預けられ、気が付いた時には自室のベッドで眠っていたのだった。

「母を早くに亡くしていたので、父は私に対して少し過保護気味でした。私自身もどちらかと言えば内向的で……だからこそ一人で色々やってみなきゃと思った矢先で。でもその日から私は男性が怖くて仕方なくなりました」

父親や幼い頃から見知っている者は大丈夫だったが、それ以外の男性に会うと、電車でのことを思い出して恐怖で体が固まるようになってしまった。もちろん全ての男性が痴漢行為を働くとは思っていないが、頭では分かっていても体はいうことを聞かない。

沙羅は休みがちになってしまった残りの小学校生活を家庭教師等で何とか補い、中学校からは大学までエスカレーター式のミッション系私立の女子校に入り、極力男性と会わないように過ごしてきた。父親も反対はしなかった。なんなら無理に結婚しなくてもいいとまで言ったくらいである。父親にはそれだけの経済力があった。それからの十年余を、沙羅は父親が用意してくれた清潔で頑丈な箱の中で生きてきたのだった。

そんな沙羅を心配し、北斗を紹介してくれたのが叔父の慎一郎だった。

「自分でも……このままじゃダメだと思っていました。カウンセリングも受けて、何とか男性への恐怖を克服しなきゃって。何より……父やボディガードの滝田さんが、私のせいで自分を責めているのも辛かったし。父は私を心配し続けていて『無理することはない』とも言ってくれましたが、彼らを安心させたくて、私は北斗さんとお付き合いすることにしたんです」

檜山北斗は育ちがよく上品で、決して沙羅に無理強いすることはなかった。

『沙羅ちゃんが僕のことを平気になるまで、絶対無理に触れたりしないから』

その言葉を守り続けた彼を、信じることに決めて沙羅は彼との婚約を了承した。父や滝田が喜び、安心する顔が見たかったのだ。

しかし。

「でも、北斗さんの本意は別のところにあったんですね」

そこまで話して、沙羅は細い息を吐く。

「ごめんなさい、つまらない話を延々と……」

要は、自分は安全な籠の中でぬくぬくと守られて生きてきたということだ。弱さを免罪符にして、資産家である親の大きな庇護《ひご》のもとで。

北斗を信じていた。彼と結婚して上手くいけば、今まで通りの穏やかに守られる日が続くと思っていたのかもしれない。しかし裏切られた。沙羅の中で、その事実と感情がまだうまくかみ合わない。こういう場合、悲しめばいいのだろうか。それとも怒ればいいのだろうか。寧ろ自分の愚かさに歯噛みしたくなる方が強かった。

さっき武尊に尋問されている北斗を見て、ショックがなかったとは言わない。しかしそれ以上に、心が凍り付いていくような感覚が沙羅の全身を覆っていた。

「つまらなくはないだろ」

「え？」

独り言のような謝罪に、武尊が答えると思わなかったので驚く。

「今までの有りようを確認することは、改めて真実を突き詰めることに繋がる。あんたが見落としていた何かが、見方を変えることで見つかるかもしれないしな」

「一ノ瀬さん……」

病院にいる時は互いに名前を呼ばないように示し合わせてあった。人が来ない場所を確保したとはいえ、誰かに声が聞こえるとも限らないし、北斗を通じて武尊の身元が割れるかもしれないからだ。

「武尊でいい」

彼は車を運転しながら淡々と言った。ウインカーを出し、道を曲がり、他の車と共に流れていく。

「ほたか、さん……？」

「よく『ぶそん』て読み間違えられるけどな」

「山の名前ですよね」

「へえ、知ってるんだ」

感心したようにヒュウと口笛を吹いた。武尊の軽い口調に沙羅も口元が綻ぶ。

「赤城高原に別荘があって、そこから武尊山が見えるので。母が生きていた頃、麓の花咲湿原に遊びに連れていってもらいました」

「なるほど」

群馬県にある武尊山は花の百名山にも数えられる山だ。幼い頃、遊びに連れていってもらったのどかな記憶に、沙羅の心はほんのりほぐれる。

「そう言うあんたは花の名前だよな」

「え？」

「沙羅双樹の沙羅だろ？　お釈迦さんがその下で入滅したっていうナツツバキに似た白い

綺麗な花だ」

「よくご存じですね」

　思わずあげてしまった意外そうな声に、武尊はおかしそうに笑った。

「こういうことに詳しいと女にモテるんでね」

　そうだとしても彼の知識の広さに呆気《あっけ》にとられてしまう。

「武尊さんは……不思議な人ですね」

「そうかー？」

　シフトレバーを握る大きな手が綺麗だ。とてもつい数刻前、この手で人を締め上げたようには見えない。

「さっき、最後に北斗さんにかけたのは催眠術みたいなものですか？」

「あ？　ああ。暗示の一種だな。あのテの手合いにはかかりやすい。完全ではないが時間は稼げる」

「あのテとは」

「決まったパターン環境で生きていて、突発的なことに弱い」

　なるほど。そうかもしれない。北斗を現す形容詞があるとしたら安定、だろうか。良くも悪くも凪いでいる。

「最初に北斗さんの意識を奪ったのは手刀、ですか？」

　手刀が正式名称なのかはよく知らないが、手の薬指側を鋭く首筋に当てていた。ドラマか映画で見たような気がする。

「ああ。首には頸動脈とか集まってっから、ブラックアウトさせやすい。もっとも加減を知らないと殺しちまうかもしんねーけど」

つまり彼は加減を知っているのだ。どこかで格闘技を正式に習ったのか、それとも単に場数を踏んでいるのか。加えて暗示のかけ方を知っていて、更に花の名前だけでなくその色形も知っているなんて、益々謎が深くなる。

「は、はーん、お嬢ちゃん、俺のことが気になってる？」

「はい」

「素直だねえ」

「私の命運を預けてますから。どんな人か気になるのは当然かと」

隠したところでしょうがない。

「そりゃそうか」

武尊は少しつまらなさそうに嘯いた。

「すみません」

慌てて謝る。

「なにが？」

「その、決して武尊さんに男性的な魅力がないわけではないと思いますが」

喉を少しつかえさせながら言い訳した。寧ろ男性としては魅力的な方だろう。見上げるような長身とシャープな顔立ち。広い肩幅と引き締まったウエストライン。どこか粗暴な雰囲気も、そのくせ時折見せる人懐こい笑顔も、普通の女性ならときめくポイントなんじゃないだろうか。男性恐怖症の沙羅でさえ、その造形の美しさにふと一瞬目を奪われそうになるのだから。

沙羅の焦《あせ》りをどう取ったのか、武尊は「バーカ」と笑って、左手を伸ばして彼女の頭をくしゃりと撫でる。普段なら慣れていない男性に触られると体中が強張って鳥肌が立ちそうになるのだが、何故か武尊は平気だった。恐らく、彼が沙羅のことを女性として見ていないからじゃないだろうか。漠然とそう考える。

実際、武尊ならどんな女性にもてそうな気がする。そんな女性に慣れた武尊にとって、化粧さえあまりしない子供じみた沙羅は女性のうちに入らないのだろう。そんな武尊の欲望を含まない行為だからこそ沙羅は反応しないのではないか。

もちろんそれでいいのだ。

武尊と沙羅はただの行きずりの関係であり、成り行き上の雇用関係である。それ以上でもそれ以下でもない。

「お嬢ちゃんさあ……」

武尊のマンションに戻ってから、不意に話しかけられて沙羅は彼を振り返る。

自分の事を名前で呼べと言いながら、彼は沙羅の名前をあまり呼ばない。

簡単な変装を解き、コーヒーメーカーをセットしていたところだった。偶然自宅にあった同じイタリアのメーカーのものだったから、使い方は分かる。武尊はエスプレッソ。沙羅はカプチーノ。

「なんですか？」

「いや、つまり……」

「はい？」

なんだろう。何が言いたいのだろう。武尊にしては珍しく歯切れが悪い。

「大丈夫か？」

「何がですか？」

それでもやはり言い難そうにしていた。沙羅は首を傾げて武尊を見つめる。武尊は観念したようにぐしゃぐしゃと自分の頭を掻《か》き回した。そして沙羅の目の前で自分の右手の人差し指と中指を立てる。

「質問の意味はふたつ。ひとつめは……あの男、婚約者だったんだろう？」

「そう、ですね」

言われて素直に相槌を打つ。婚約するほど親しい相手に裏切られていたのだから、傍《はた》から見たらショックを受けているのではと懸念するのも当然だろう。

「今は思ったほどでも。単純にピンときてないだけかもしれませんが」

昨日、このマンションで意識を失ってから、感情がどこか麻痺《まひ》している気がする。

「元々……彼に抱いていたのは恋愛感情とは少し違うものだったのかもしれません」

口にしてからそうだったのかと自覚して苦笑する。優しそうだったから、無害そうだったから。結婚しても何とかなると思っていた。狂おしく求めるような感情はなかったかもしれない。

「なら……それはそれでいいけど」

そんな沙羅を見て、武尊は少しだけ痛ましい目をした。

「二つ目はなんですか？」

沙羅の問いに、武尊は少し口ごもる。

「このまま……真相を暴いていく方向でいいのか、と思って」

「え？」

思いもしなかったことを言われて、沙羅は戸惑う。そんな彼女を見て武尊はダイニングの椅子に座り、彼女にも座るよう促した。珈琲が二つともできている。

「さっきの話を聞いてちょっと思ったんだ。あんたが箱入りなのは気付いてたけど、思った以上に向いていない。誰かと闘ったり危険を冒して何かを探ったり、そういうのとは無縁で生きてきたろ。最初は勢いで犯人捜しみたいな流れになったけど、たとえばこのままバックレて逃げちまうって手もあるんだぜ？」

それだけ言うと、武尊は自分のデミタスカップに注がれたエスプレッソを一気にあおった。

沙羅は目の前のカプチーノの泡を眺めながら、武尊の言った言葉の意味を頭の中で嚙み砕く。

逃げてもいい？　何もなかったことにして？

つまりそれだけ沙羅の敵は危険だということなのだろう。もしかしたら警察や弁護士にまで手を回せるほどには。

でも逃げるってどうやって？

「名前を変えて外国に逃げちまえばいい。ある程度自由になる金があるなら、やってやれないことはない」

沙羅の心を読んだかのように武尊が囁く。恐ろしいほど勘がいい男だ。

「敵と戦って真実を探るよりは簡単？」

ふわふわと泡立つミルクフォームを見つめながら、沙羅は訊いた。確かに自分は弱い。この泡と変わらない心許なさだろう。

だからといって今手を引けるのか。引くことが正しいんだろうか。

「今ならまだ間に合うって話だ。恐らく檜山北斗は今回の事件の全容からしたら末端だ。その証拠に奴の周りに怪しい見張りはいなかった。だけどこれから核心に近付けば近付くほど逃げるのが難しくなる。やばいところまで足を突っ込んじまったら、向こうもあんたを放置できなくなるだろう」

武尊の話し方はどこまでも穏やかで、だからこそ彼が真実を言っているのだろうと知れた。もし彼が事態の深刻さやもしくは他の要因で沙羅に手を引かせようとしているのならば、もっと脅すような言い方をするだろう。もっとも彼の話す内容は沙羅が恐怖を覚えるのに十分ではあったが。

「リスクが高すぎると？」

マグカップを両手で包み込み、その温もりで少しでも恐怖が和らげばと願う。

「正直に言えば無傷ですむ保証はない。可能な限り守るつもりはあるけどな」

彼の言葉に胸が締め付けられた。なんでこんなことになったんだろう。ほんの少し前、父が出張に出かける前までは、いつもと変わらぬ静かな毎日だったのに。見慣れた自室のベッドで寝起きし、ふみさんが作った美味しい食事を摂り、ささやかな仕事で……。

「あ、――」

「え？」

突然沙羅が漏らした声に、武尊は眉の端を上げる。

「あ、すみません。たいしたことではないんです。その、職場に休む連絡をしていないなあと思って……」

「あんた働いていたのか？」

意外だったらしく、武尊は素っ頓狂な声をあげた。

「えーと、はい、その……働くと言っても父の会社でその、父の秘書的なこととかですが……」

大学を卒業してから、働きもせずに家にいるのは気が引けた。もちろんそうしてもなんの問題もなかったのだが、何もしないで漫然と過ごすのは勿体ない気がしたのだ。少しは社会的な活動に参加したかった。

とは言え男性が苦手な沙羅が外で働くことに父はいい顔をせず、あくまで自分の目が届く範囲でなら、ということで許可を貰ったのだ。無理に働く必要がないという環境が恵まれすぎていると分かってはいるが、それでも何かしたかった。

「父が消息不明になったことは対外的には公表していなかったので、その時点でしばらくお休みを頂くことを伝えたまま、その後何も連絡してなくて……」

たいした戦力ではなかったから余り困ってはいないと思うが、それでももう一週間以上休んでしまった。本来なら何か一言入れるべきだったのではないだろうか。

「……あんた、ホントに真面目だなあ！」

武尊の心底呆《あき》れた声に赤面する。

「はあ……」

そこで初めてカプチーノに口を付ける。すっかりぬるくなっていた。

「そもそも容疑者として指名手配されている社員から連絡がきても困るだろ」

「それもそうですね」

言われてみればそうだ。自分は今、言わば逃亡者なのだ。会社にとっても取り扱いに困る存在だろう。そう考えるとおかしくなってつい笑ってしまった。

そんな沙羅を、武尊は少し困ったような顔で見つめる。

「怖くないのか？」

問われて沙羅は当惑する顔になった。

「どうなんでしょう」

怖くない訳ではないと思う。不条理な事態や今まで身近になかった暴力を受けて、怯えているし辛くもある。あの時、武尊に助けられていなかったらと思うとぞっとする。泣きたい気もするし、途方に暮れてもいる。どうしていいか分からないというのが正直なところだ。

だから武尊の誘いに乗ったのかもしれない。目の前にやるべきことがあるというのはある意味救いなのだ。

「たぶん、あんたは自分で言った通りまだ色んな感覚が麻痺してるんだと思う。ショックなことが続いて、防衛本能が自分の感情を目隠ししてるんだろう。でも、一度落ち着いて考えた方がいい。何が自分にとっての最善かをな」

それだけ言うと、武尊は空になったデミタスカップを持って再びエスプレッソを淹《い》れるべく立ち上がった。コーヒーメーカーはキッチンシンクに並ぶワゴンに置いてある。

沙羅は再びぬるくなったカプチーノを眺めながら考えた。

武尊が言うことは分かる。自分は今、想像も付かないような陰謀に巻き込まれ、そのただ中にいるのだ。可能なら以前の生活に戻りたい。穏やかで守られていた生活に。

しかし――。

「父の……」

言いかけて言葉が止まる。一番考えたくない最悪の可能性が頭をよぎり、否定したくて頭を振った。

「匡貴社長か……」

武尊も珈琲のお代わりを持って再び沙羅の前に座った。そして別のカップに注いだカプチーノを沙羅の前に差し出す。ふんわり浮かんだミルクフォームから、温かそうな湯気が上がっていた。沙羅は泣きそうになるのを堪える。

「父の、消息が分かるまでは、逃げるわけにはいきません」

それだけを必死に言った。

「……ああ、そうだな」

武尊は落ちてくる前髪をかき上げながら答える。

「一ノ瀬さんにはご迷惑をかけていると思います。でも、もう少しだけ力を貸してくれませんか。お金はなんとか用意しますから」

今、武尊に放り出されたらどうして良いか分からない。なんとかすると言っても知恵も力も人脈もなかった。それほどまでに自分は父親に守られてきたのだと思う。守られて非力なままで生きてきたのだと。

俯《うつむ》いてしまった沙羅の頭を、ダイニングテーブル越しに伸ばした武尊の手がポンポンと叩いた。

「ひゃ！」

驚いて顔を上げると、やんちゃそうな笑顔が見える。

「武尊でいいって言わんかったっけ」

「あ」

「ほら、武尊って呼んでみ？」

「あの、えっと、ほたか、さん？」

「よくできました」

そのままぐしゃぐしゃと髪を掻き回される。

「あの、やめ……ひゃ」

「あははは」

無邪気に笑う武尊の声に、高まっていた緊張の糸が緩んだ。

「あの、武尊さんも……っ」

「ん？」

「その、下の名前で呼んでくださっていいのですがっ」

「えー、呼んでなかったっけ？」

「呼んでません。その、『あんた』とか『お嬢ちゃん』とかそんな感じで」

まともに名前を呼ばれた記憶がない。しかし匡貴さんと呼ばれるのも今更な気がする。

でも言ってから赤面してしまった。

「あの、無理ならいいんですけど……っ」

少し焦った声になる。自分たちはあくまで雇用関係なのに、馴れ馴れしかったかもしれないと思ったのだ。しかし武尊はそんな沙羅を、限りなく優しい目で見つめると、そっと彼女の名を唇に乗せた。

「沙羅」

その瞬間、沙羅の胸の奥で何かが爆発し、顔にかっと血が上る。

「照れてんじゃねえよ。なんで真っ赤になってんだよ」

おかしそうに言われて余計頬が熱くなった。

「な、なんでもないです！」

突然自分に起こった変化に、激しく動揺する。この居ても立ってもいられなくなる気持ちは一体、何？

「安心しな。あんたがその気なら途中で放り出したりしねえから」

軽く言われて肩の力がストンと抜ける。おかしい。なんで彼の言葉にこんなに安心してしまうんだろう。出会って数日しか経ってない素性も知れぬ男に、笑顔を向けられただけでなんで心強く思ってしまうんだろう。これはいわゆる刷り込み現象なのだろうか。卵から孵化したばかりの雛が、初めて見た動くものを親だと思い込むように、父親の庇護から飛び出した自分は最初に助けてくれた彼を信頼しきってしまっているのだろうか。

心を預け過ぎちゃいけない。そこまで打ち解けた仲ではないのだから。

そう自分に言い聞かせなくてはならないほど、沙羅は武尊という存在に惹かれるのを感じていたのだった。

◇

夜更けに衝立代わりのシーツをめくり、ベッドで熟睡している沙羅を見下ろして、武尊は軽く溜息を吐く。彼女の寝顔はいとけない。

（こいつ、絶対俺を男だと思ってねえな）

幼い頃痴漢に遭い、男性恐怖症にまでなっているというのに、武尊に見せるこの安心しきった様子は一体なんだろう。世間知らずのなせる技か、それとも武尊に心を寄せてしまうくらい追い詰められているのか。

正直危なっかしくてヒヤヒヤする。

もちろん武尊とて彼女をどうこうする気はない。

自分をまともな世界の住人だとは思っていないが、それでもこれだけ追い詰められている子供をどうにかするほど鬼畜ではないつもりだし、女に飢えてもいない。

（子供、でもないか）

幼さはある。大事に守られて生きてきた者独特の、すれていない純粋さがあった。そして庇護欲をそそるような外見も。

けれど実年齢としては充分に大人だし、他者に無条件に甘えるのをよしとしない分別はあった。危なっかしくはあるが、本人が思っているほど弱くはないのかもしれない。

彼女が本当のことを知った時、武尊のことをどう思うのだろう?

(アホか。らしくねー)

軽い自己嫌悪に襲われながら、武尊はしばらく沙羅の寝顔を見つめていたのだった。

◇

数日後、匡貴沙羅の婚約者である檜山北斗に、彼女からメッセージが届く。

『もう何を信じていいか分かりません。このまま父の元に行きます』

同日、自殺の名所と呼ばれるとある岬から、若い女性が飛び降りたという匿名の通報があった。しかしその岬は潮流の関係で死体が上がらないことでも有名だった。通報を受けた警察、及び海上保安庁が捜索をしたところ、女物のトートバッグとその中身だけが海面に浮いているのが発見された。バッグの中にあった財布やスマートフォンから、その持ち主は指名手配中の匡貴沙羅の物であることが断定された。

遺体が見つからない以上、沙羅の死は断定できないが、彼女の性格等をよく知る婚約者達からの証言情報として、自死の可能性は高いと警察は見解を示していた。

3．秘密の花園

「沙羅ちゃん、こんにちはー。沙羅ちゃんにとっては初めましてかな。僕の方は、この間君が倒れている間に一回来て顔は見させて貰ってるんだけどね。僕はマニ。便利屋やってまーす。よろしくねー」

陽気な声と共に年齢不詳性別不明の若者が入ってくる。僕と言うからには男性なのかもしれないが、背丈は沙羅とさほど変わらず、顔も童顔で女性にも見える。タートルネックの上にパーカーを羽織っているので体形も分かりづらく、浅黒い肌に癖のある黒髪が丸い頬の輪郭を縁取っている。言葉は流暢だが日本人以外の血も混ざっているかもしれない。

「あ、この間買ってきた服着てくれてるんだ。うん、似合う似合う♪」

マニが用意してくれたのはサイズを調整しやすいシンプルなコットンシャツやウエストにゴムが入ったワイドパンツで、普段沙羅が着ていたものとは系統が違うが、肌触りはとても良かった。

「あ、ありがとうございます」

反射的にお礼を言うと、マニは更にニコニコして持ってきた荷物の中身を次々と彼女に手渡す。

「はい、こっちは前回用意出来なかったやつ。洗顔フォームや基礎化粧品は悪いけど寝てる間に肌をチェックさせて貰ったよ。あと他にも必要そうなものがあったら言ってくれれば用意できるから。ネットで注文してもいいけど足が付きやすいしね」

そう言って渡された荷物の中身は、下着を含む着替え等最小限のものだった前回とは違って、確かに日々必要な細々したものが入っていた。基礎化粧品等は事前情報がなかったためだろう、前回は個分けのトラベルパックだったが、今回は自然派メーカーのボトルだった。なんと生理用品まである。

「本当はもっと早く用意してあげたかったんだけど、ごめんねー、人使いの荒いのに面倒な仕事やらされてたからさあ」

どうやら武尊が画策した沙羅の偽目撃情報作りや自殺偽装の手伝いもしていたらしい。沙羅は恐縮して首を竦めてしまう。

現在も北斗の事件の重要参考人として手配されている沙羅は、迂闊《うかつ》に外を出歩けない。その事情を慮っての細やかな用意だろう。それにしても肌までチェックできるとは、便利屋恐るべし。

「あとこっちはねえ、武尊に頼まれた沙羅ちゃん用のプリペイドのスマホ。ないと不便でしょ?」

沙羅が持っていたスマートフォンは、自殺を偽装するために様々なデータを外部に保存した上で、海に流してしまった。あれくらいで警察や敵の目をごまかせるとは限らないが、何もせず捜索されているよりはマシだろう。

「そ、そうですね」

マニの押しの強い明るさに、少し笑顔が引き攣《つ》る。

そんな彼女を見て、武尊がずっと籠もっていたワークスペースから出てくる。

「おいおい、ビビらせてんじゃねえよ」

「武尊に言われたくないんだけどぉ。僕なんかどう見たって安全無害じゃん」

「お前、愛想はいいけど正体不明で胡散臭えんだよ」

「それ、武尊にだけは言われたくないんだけど？　武尊のほうがよっぽど怪しいじゃんね
え？」

最後のセリフは沙羅に向かって投げられたが、面食らった彼女は「はい」とも「いいえ」とも言えなかった。

二人の軽口の応酬におののきながら、沙羅は「あ、あの、珈琲でも淹れましょうか」と引き攣った笑みを浮かべて声をかけた。

「そーすっか。マニ、作戦会議だ。お前も参加しろ」

「へーい。ちゃんとあとで色々請求すっからね」

「わぁってるよ」

沙羅はマニにもリクエストを訊いて珈琲を淹れる。普通のカフェラテ。ミルクと砂糖は

多めで。

「とりあえず沙羅を拾ってからのこの一週間、四日前の檜山北斗の件と合わせて沙羅の叔父である辰宮慎一郎の身辺を探ってたわけだが」

そこまで言って武尊は一旦言葉を切り、沙羅とマニの顔を交互に見た。

「探るって、そんな簡単にできるんですか？」

沙羅が素朴な疑問を挟む。それを聞いてマニが吹き出した。

「あ、あの、すみません。変なことを聞いちゃって」

慌てて沙羅が謝罪する。とは言えそんなに変なことを聞いてしまっただろうか。個人情報の取り扱いにうるさい時代、どうやって探るのか疑問に思っただけなのだが。もっとも蛇の道は蛇というやつだろうか。

「何、武尊、沙羅ちゃんに言ってないの？」

「そーいえば言ってねえかも」

武尊は苦虫を噛み潰したような声で呟いた。

「この人、本職だから。探偵？　調査員？　もっとも看板掲げてるわけじゃないから、モグリっつーか知る人ぞ知るってやつだけど」

マニがおかしそうに説明してくれる。

「モグリはねえだろ。日本じゃ探偵免許なんて必要ねえんだから」

「探偵さん、だったんですね」

言われてみれば納得できる気もする。異様に強くて、修羅場に慣れていそうな。最初に助けて貰ったキミカとも、仕事の関係で関わりが深いのかもしれない。

感心する沙羅に、マニは心配そうな、そして半分呆れた声を出す。

「沙羅ちゃんも結構おっとりだねえ。そうとも知らずに武尊に着いてきたんだ？」

「そう言われると確かに……。恐縮です」

恥ずかしくなって手の平を頰に当てる。なんとなく、だったのだ。助けて貰い、雇わないかと言われ、この男に着いていけば大丈夫そうな気がした。しかしマニの言うとおり、普通に考えたら危ないことこの上ない。軽率もいいところだ。

「まあね、なんだかんだ言って武尊はこのハイスペ顔面だし、パニクってる時ならつい流されちゃうよねー。分かるー」

マニが苦笑しながらフォローしてくれる向こうで、武尊がいまひとつ釈然としない顔をしている。そして沙羅は今更ながら彼が言った言葉の意味に気付く。

「だからですか？」

「へ？　なにが？」

「武尊さんが最初に仰ってた、あまり表だって顔は出せないって」

「……あー、そんなとこだな。割と裏方専門なんでね」

「裏方」

武尊の言葉が飲み込めず、沙羅はオウム返しに繰り返す。

「反社とか犯罪系とかそっち側に関連した仕事が多いってこと」

すかさずマニが補足してくれた。

「——ああ」

世間知らずの沙羅ではあるが、反社会的な組織があることくらいは知っている。武尊が引き受ける仕事は、あまり世間に公表できない類が多いのだろう。

「……まあ、それで沙羅の叔父、辰宮についてだが、まずは裏組織との癒着を探ってみた。今回の件は全体的にやり方が物騒だし、沙羅を襲った奴らもまともそうじゃ無かったしな。そしたらビンゴだ。ほら」

渡された写真には沙羅を襲った二人組が写っている。

「こいつらの面から所属を辿ったら、浮上したのが橋田《はしだ》会という反社組織だ。そこが闇カジノもやっていて、辰宮が出入りした形跡がある」

「うわー、マジか」

「叔父が会社の実権を握るために、父や私を連れ去るよう、反社組織に依頼したということでしょうか？」

沙羅は不安そうに自分の推理を口にする。

「……いや、恐らく辰宮は闇カジノに出入りするうちに悪い奴らに目をつけられて唆《そそのか》されたんじゃねえかな」

沙羅は暗澹《あんたん》たる気持ちになった。つまり叔父は匡貴グループのトップである父の傍にいたから狙われたということだろうか。父を葬り去るために？　まるで叔父の方がとばっちりを受けたようにも聞こえてしまう。

「……まあその辺はこれから調べることになるが」

「そう言えばアメリカに仕事で行く際はよくラスベガスに寄ってくると言っていました。『何が面白いのかしら』と叔母は嫌がっていましたが」

「日本にもそう言う遊び場がないわけじゃない。ただ刺激が強い闇カジノや闇賭博には大抵背後にヤバい奴が絡んでる。素人を引っかけるにはもってこいの場所だ」

　武尊の淡々とした説明に、沙羅は胸が塞れる思いがする。

「まず危険性は無いと優しい言葉で誘い、最初は大勝ちさせる。興奮して嵌まったら徐々に負けさせていく。気が付けば文無しどころか、借金のできあがりだ」

「定石だね。こっわー」

　マニが茶化すでもなく呟く。

「叔父がその罠に嵌められたと？」

「分からん。しかしそこらへんがきっかけの可能性はある」

　沙羅の喉がゴクリと鳴った。ここのところ、武尊がずっとワークスペースで調べていたのはそれだろうか。沙羅が何をしているか聞いても何も教えてくれなかったのは、確証がなかったからだろうか。そして彼は確証を掴んだのだ。

「どっちにしろ辰宮は今回の件の中心の近くにいるはずだ。もう少し動向を絞れたらこっちも動く。――マニ」

「あいよ」

「この系列の店なんだが……」

武尊はテーブルにプリントアウトした店の写真とリストを広げる。いずれも繁華街にあるような店とは一線を画し、いかにも普通のビルやマンションの一室を改装した感じの店だった。中の雰囲気も高級そうである。

「ここらもバックに橋田会が着いてる。ケツモチが誰か探れるか？」

「やってみる。分かったら連絡するよ」

マニは二つ返事で資料を掴むと部屋を出ていった。

「大丈夫でしょうか」

「ん？　何が？」

「マニさん……危険はないんですか？」

「あー、なくはないが奴は慣れてる。逃げ足も速いし勘も良い」

「そう、ですか」

それはそうかと沙羅は自分を恥じ入る。人懐こい童顔に騙《だま》されそうになるが、マニは武尊に便利屋として信頼されているのだ。若く見えても沙羅よりよほど世知に長けているのだろう。

「あの、私にできることはありませんか？」

じっとしているのが辛かった。北斗の時は彼を動揺させるために一緒に連れて行ってもらったが、その後はこの部屋に籠もりっきりである。武尊は部屋の隅に設えられた、いくつものＰＣ機器を置いたワークスペースで何かを調べていることが多かったが、それでも時折外に出ていた。何をしているかは彼が話さないので良く知らない。

結局この部屋で沙羅ができることといったら、珈琲を淹れることか、植物に水をやることくらいだった。掃除をするほど部屋は汚れていないし、食事も大抵武尊かマニが調達してくれる。

することがないのは辛い。何もすることがないと、つい消息不明の父のことを考えてしまう。

父は無事だろうか？　死にかけたりしていないだろうか。窮地に陥って沙羅の助けを待っているのではないだろうか。身動きできない歯がゆさとやるせなさで、身が焦《こ》げ付きそうだった。しかし動けたとしても何ができるのか。

マニや武尊が口にするような『調査』は無理だとしても、せめて調べ物の一端でも手伝えないだろうか。

思い詰めた表情の沙羅を見て、武尊は難しい顔になる。沙羅は慌てて顔の前で手を振って見せた。

「す、すみません！　あの、余計なことだったかもしれません。私みたいな素人が何かしても却って足手まといですよね」

実際、こんな状況になる前も何もできなかった。父親が消息不明だと連絡があった後、したことと言えばオロオロと進展を待っていただけだ。仕事も休み、ただ家の中でじっと父の無事を祈っていた。ふみさんがいたからなんの家事もせず、会社の事は叔父任せで。でも本当は他にもっとやるべきことがあったのではないだろうか。父親の腕の中でただぬるま湯の中で生きてきた報いを、今受けているんじゃないだろうか。

考えれば考えるほど深く項垂れてしまう沙羅の頭に、大きな手がポンと乗る。

「あー、あんたが今どんなことを考えてるか、大体想像つくけど、あまり思い詰めない方がいい。今は調査がメインだからあまりやらせられることは無いが、いずれあんたにも動いて貰うかもしれないし」

「本当ですか⁉」

思わず勢いこんで上げた顔に、武尊が小さく吹き出した。

「あ、すみません……」

「いや。でも……本当にやりたいのか？」

「え？」

「実働となると危険が伴うことになるぞ？」

いつになく真剣な顔をされて、頬が熱くなる。心臓が早鐘を打ち始めた。そんな自分の変化に戸惑いを隠せず、沙羅は武尊から目を逸らしてしまう。

「それでも……何もできないまま隠れて、無力感に浸っているだけよりはマシです」

どうしてだろう。まともに武尊の顔が見られなくなってしまう。心臓が苦しかった。

「まあそれでもフォローはすっから。あんたがやられちまったら元も子もない」

頭に乗せられていた手で、くしゃくしゃと優しく撫でられた。余計顔に血が上ってしまう。下手したら泣きそうだったので、奥歯を噛み締めて堪えた。泣くことは甘えることだ。泣けば武尊は優しく慰めてくれるかも知れないが、それを期待してねだるようで嫌だった。

「あの、ご迷惑かけないよう、その、がんばりますので」

ぎこちない言葉に、武尊の苦笑が降ってくる。

「くれぐれも慎重にな。あんたは今、俺の大事な金蔓なんで」

◇

マニが新たな情報を抱えてやってきたのは、その二日後だった。

「楡《にれ》の木会？」

「そー。そこの堂島《どうじま》って幹部が裏で取り仕切ってる違法カジノが何件かあって、沙羅ちゃんの叔父さんも何度か顔を出してる。もっとも最近は来てないみたいだけど」

マニはそう言いながらかなり望遠で撮ったらしき堂島の、いろんな角度で撮影した写真をプリントアウトしたものを広げた。五十代くらいだろうか。えらの張った長方形の顔に、グレイッシュの髪と口髭がどちらかと言えば上品だ。あまり怪しい男には見えなかった。

「にしても本当に反社組織なのか？　アイドルグループ作っててもおかしくなさそうな団体名だな」

武尊が呆れた口調で漏らす。

「地下アイドルも作ってるみたいだよ？　要はステージ付のガールズバー？　一応アイドル志望の子達がキャストをやってます的なふれこみで」

「それもきな臭そうだなあ。ぜってー裏じゃ客取ってんだろ」

「たぶんね。そもそも楡の木会って、要は橋田会のフロントらしくて」

「フロント？」

単語の意味が分からず訊ねる沙羅に、マニが説明する。

「フロント企業、要はヤクザの隠れ蓑的な会社だよ。そっちはあくまで合法。でも裏で反社が取り仕切ってる、みたいな？　いかにもな反社団体だと一般市民は近寄らないでしょ？　だから全くそんな気配の無い表向きの会社を作っておいてヤバい資金をロンダリングしたりするんだよ」

「そうなんですか」

言われても世間知らずの沙羅にはピンとこない。

「あ、でも……」

言いかけた沙羅にマニと武尊の視線が集中する。

「聞き覚えがあります。確か『楡の木会』って……うちのホテルでパーティを開いてたような」

記憶の中を検索する。沙羅の仕事はあくまで雑用程度だが、回ってくる決裁書類の中で、なんだか可愛らしい企業名だったのでなんとなく覚えていた。それがそんな危険な企業だったとは。

「かなり大がかりなパーティだったので、支配人である叔父が自ら采配をふるっていた気がします」

「なるほど、繋がりそうだな」

「でもそんな組織がうちを利用していたなんて……」

沙羅としては複雑な心境である。

「まあ、フロントはあくまで一般企業と変わらないからな。ホテルからしたら大枚さえはたいてくれりゃ、有難いお客様だろうよ」

「それは、そうなんですけど……」

とは言え、初めからそうと分かっていてパーティを受けたのか、それともそうと知らずに受けたのか。できれば最初は知らずに受けたのであって欲しい。そうでなくては……父親が大切にしていたホテルが汚されてしまうような気がした。

「とにかくその線から攻めようぜ。マニ、フォロー頼む」

「はーい」

夜遅くまでパソコンのモニターを見ながら武尊とマニが何やら話し込んでいる。耳を澄ませたが、声が小さいのと意味の通じない単語が多くて良く分からなかった。

結局、今夜は自分の出番はなさそうだと、沙羅は落ち込みそうになる気分を追いやって、武尊に言われるまま先に休んだのだった。

◇

何かに追いかけられている。

それが何かは分からないが、とにかく逃げなくてはと薄暗がりを無茶苦茶に走った。辺りには誰もいない。

背後から迫る黒い影の気配は消えない。息が苦しく心臓は爆発しそうだった。

（助けて――）

声の出ない状態で沙羅は必死に乞う。

（お願い、誰か――）

呼ぶ相手を必死で考える。

彼を、彼の名前を呼ばなければ。

そう思うのに喉がひりついて声が出なかった。見上げる広い背中、長い足。知ってる、彼の名前は……。

足が縺《もつ》れて転びそうになった時、肩を摑まれて悲鳴を上げそうになった。

「……羅、沙羅⁉」

激しく肩を揺さぶられて目が覚めた。

「武尊、さん……？」

沙羅が寝ていたベッドに、覆い被さるように武尊が顔を覗き込んでいる。しかも下半身だけバスタオルを巻き付けた半裸姿で。

「え？　あ、あの……！」

「あー！　違う！　シャワー浴びて出てきたらあんたが苦しそうに唸ってたから……！」

「あ、――」

言われて、直前まで悪夢を見ていたことを思い出す。具体的な内容は目覚めた途端に霧散したが、何かに追いかけられるような、追い詰められるような恐怖感だけがじっとりと体の内側にへばりついていた。実際、パジャマ代わりに着ているTシャツは汗で湿っている。

部屋が暗いのは深夜だからだろう。マニは帰ったらしく気配はなかった。

「すみません、私――」

「落ち着いたか？」

優しい物言いに、強張っていた肩の力がすっと抜けた。同時に目頭が熱くなり、慌てて武尊から顔を背ける。彼は沙羅が気が付いた時点でベッドから体を起こしていた。

泣きそうだ。泣きたくない。不意の覚醒が沙羅を不安定にさせている。

「沙羅？」

再び武尊が覗き込んでくる。

「なんでもな――っ」

い、まで言おうとして喉が詰まった。こみ上げてくる涙を、堪えようとしてももう無駄だった。

「や、みないで……っ」

起き上がって武尊から離れようとするが、その肩を摑まれて顎を捕まえられる。涙が溢《あふ》れ、頬を盛大に濡らしたまま、沙羅は至近距離で武尊と対峙した。彼の綺麗な顔が目の前に迫り、思わず目を大きく開いてしまう。

切れ長の目。真っ直ぐ通った鼻梁。彫りの深い顔立ちと少し浅黒いきめ細やかな肌。

「――泣いてたのか？」

低い声が漏れると、喉仏が上下する。綺麗な額には、濡れた前髪からまだ水が滴っていた。

「な、いて、ません」

声がうまく出ない。

「濡れてる」

武尊はそう言って、顎を摑んだ手の指をスライドさせて沙羅の頬を撫でる。

「これは……」

なんと言うべきか迷ったその一秒後、そっと抱き寄せられた。

武尊の裸の胸に頬が当たって、落ち着きかけていた鼓動がまた速くなる。けれど不思議な安心感もあった。

(温かい……)

そのまま縋り付いていたくなる滑らかな肌。耳に伝わる武尊の鼓動のリズムと、抱かれている肩の温もり。

「いいから泣いちまいな」

「！」

頭の上から降ってくる武尊の声に、せき止めていた嗚咽《おえつ》が一気に溢れ出す。沙羅は自分の中にある感情が何かも分からぬまま、武尊の胸の中で泣き続けた。彼の前で泣きたくなんかないのに、と言う想いは、抱き締められる気持ち良さにあっさり流れていってしまう。しゃくり上げながら震えてしまう肩を、武尊の大きな手が優しく撫でてくれた。それだけで、胸の奥に巣くっていた不安や恐怖が、ゆるゆると解け始める。

(こんなの変。まだ何も分かってないし、解決したことも無いのに)

そう思うが、沙羅を食い潰そうとしていた悪夢は、驚くほどの速さで遠ざかっていった。

「あの、すみま──」

ようやく顔を上げてお礼を言おうとしたその時、綺麗な武尊の顔が近付いてきて、そっと唇が重なる。まるで磁石が吸い寄せられるような自然な動きに、沙羅は拒否することも忘れてそのまま固まった。温かい唇は柔らかく押しつけられ、三秒後に離れる。頭の中が真っ白になっていた。

「……わりぃ、男嫌いだったな」

武尊は心底『しまった』という顔をしている。

「あ、はい、……いえ、その……」

何が起こっているのか良く分からない。

嫌い、と言うより男性恐怖症だった。だから婚約者であった北斗とさえキスもしていない。しそうな雰囲気になったことはあるが、沙羅が硬直してしまうのを察すると、北斗は苦笑して身を引いてくれた。

父や長年勤めてくれている滝田など、心を許した数名を除けば、見知らぬ男性と二人きりになるだけで、鳥肌が立ち吐きそうになることさえあった。

しかし。

武尊と出会い、彼と寝食を共にするようになってから、そんな兆候は一度もなかった。

何故かは分からないが、武尊は平気だったのだ。

そして彼に抱かれ、唇が触れた時でさえ、沙羅の中に恐怖は一切湧かなかった。ファー

ストキスだったにもかかわらず。

強いて言えば軽い緊張と戸惑い、そして経験したことのない甘い感触。

何が大丈夫かはよく分からないが、彼を責めたくなくてそう言った。

「あの、大丈夫、です……」

「いや、でも――」

「あの、本当に大丈夫です！　武尊さんモテそうだから……その、今のキスはなりゆき？　とか親切心、とか、みたいな……？　その、私が泣いちゃったから、つい慰めようとしてくれたんですよね！　私、分かってますから！」

大丈夫。いくら自分が男性に免疫がないとは言え、キスくらいで勘違いしたりしない。

彼は優しくしてくれただけ。その方法がたまたまあんな形になっただけで……。

「だから安心してください」

言い訳されたくなくて、必死になる余り一気に喋ったら、武尊が微妙な顔をしていた。

困ったような、……少し苛立たしいような？

しかし武尊は特に反論もせず「分かった」とだけ答える。

その返事は、沙羅に一抹の寂しさを感じさせた。それすらも何故なのかよく分からない。

「だけどやっぱ、あんたは別の場所に移そうか」

「え？　なんで――」

「いや、今まで目の届くところにおいておいた方が安全かと思ってここに連れてきたけど……もっと、」

「嫌です！」

思わず叫んでしまった。

「沙羅？」

「やだ、そんなのやだ……」

まるで駄々っ子のような言い方になっていることに気付き、沙羅は慌てて言い直した。

「あ、だって……武尊さんの傍にいた方が何か調査の進展があってもすぐ分かるし、父のことだって……それにこれ以上知らない人を頼って安全て言われたって……っ」

何も考えずに一気にまくし立てる。突然の彼女の剣幕に、武尊も驚いた顔をしていた。

その顔を見てハッとする。

「あ、でも……その方が武尊さんの迷惑にならないんでしたら……」

最後の方は尻すぼみになった。

確かに武尊と出会ったのは偶然だったし、以後、助けて貰っているのも成り行きだった。しかし事件解決が要望のメインで在り、武尊自ら沙羅の面倒を見る必要性はないのだ。寧ろ傍にいない方が効率的だと言われたら従うしかないだろう。今のところ、沙羅が武尊のそばで役に立っていることは殆どない。

けれどこの部屋を、武尊のそばを離れたくはなかった。まだ出会ってから十日も経っていないのに、どうしてこんな気持ちになるのか分からない。

「ごめんなさい、私……起き抜けで少しおかしいのかも……」

額に手を当て、沙羅は自らを落ち着かせようと試みる。落ち着かねば。こんな風に情緒不安定になっている暇なんてないはずだ。

「……わかった。ここにいればいい」

不意に聞こえた武尊の言葉に、縺れていた心の糸がするりと解ける。沙羅は武尊の顔を見た。

「いいんですか？」

「いたいんだろ。ならいりゃあいい」

真っ直ぐ沙羅を見つめ、穏やかな声で武尊は言った。それだけで安堵《あんど》感が胸に満ちていく。

「ありがとうございます」

顔を綻ばせた沙羅に、武尊は少し照れた顔になって目を逸らした。沙羅も改めて武尊が服を着ていないことに気付き、頬を赤らめる。

「あの、すみません、騒いじゃって。その、良かったら服、着てください」

「あ、ああ……」

武尊は改めて立ち上がると、服を収納しているクローゼットの方に足音も立てずに歩いていった。まるで野生の獣のように。衝立で見えなくなるまで、その後ろ姿を目で追う。

部屋の中の照明は薄暗く落としてあったが、彼の肩幅の広さと、それだけで一つの生き物のような盛り上がった肩と肩甲骨が目に入る。真ん中で緩くカーブを描いている背骨の窪みも。腰に向かって細くなるその背中は、着痩せして見えていたがしっかり筋肉を付けて引き締まっている。綺麗だと思って見とれてしまい、ふとそんな自分のはしたなさに気付いて目を逸らした。

（男の人の背中を綺麗だと思うなんて）

布団に潜り込み、体を丸める。

（しかも……キスしちゃった……）

もちろん深い意味なんてないのだ。たまたま流れでそうなっただけで、武尊が自分に対して特別な想いを抱いているわけでは決してない。

（だけど……）

鳥肌も立たなかったし吐き気もしなかった。寧ろ気持ちいいとさえ感じた気がして、沙羅は思わず自分の唇を指でなぞる。

（私、おかしい……）

それがこんな異常事態のせいなのか、それとも別に何か理由があるのか、今の沙羅には判断が付かなかった。

◇

（ヤバかった）

冷蔵庫から缶ビールを取り出し、プルトップを上げて一気に流し込む。泡と苦味、炭酸の刺激が喉の奥を流れていった。

今まで細心の注意を払い、そんな雰囲気にならないようにしてきたつもりだった。なにせ彼女は武尊の大事な切り札なのだから。

（にしてもあんな顔されちまうとはな……）

音が出ないよう、慎重に溜息を吐く。キッチンとベッドが離れているとはいえ所詮ワンルームだ。布団を被って背中を向けているのは確認したが、どんな小さな物音が彼女の耳に届くとも限らない。

子鹿のような、大きく黒目がちの濡れた瞳。そこから流れ落ちた透明な涙。今までギリギリに保っていた表面張力が、とうとう限界を超えてしまったような溢れ方だった。

実際、ずっと気を張っていたのだろう。本人に自覚があるかどうかはともかく。次々と見舞われる想像もしなかった日常の変化に、ずっと緊張し、神経を張り詰めていた。実は悪夢にうなされていたのも今晩が初めてではなかった。その都度、気付いた武尊がそっとあやしてやったら、眠ったまま落ち着いていただけだ。しかし今日は今まで以上のうなされようで、そのままにしておけなかった。父親の生死が分からないことで不安が増長しているのだろう。

とは言え、抱き締めてキスしてしまったのは武尊の不手際だった。あんな衝動的な行動をとるなんて、迂闊にもほどがある。

　これまで女性に不自由したことはないし、さほどのめり込んだこともない。だから女性の扱いに関しても自分の余裕に自信があった。そうでなくては恋人でもない女性をこの部屋に連れてきたりできない。

　そのはずだったのに、あの一瞬、抗いがたい力で彼女に引き込まれた。

なんの不純物も含まない心を映すような、綺麗な目。青白い濡れた頬と、汗ばんだ額。間近で見つめ合った時、武尊の中の何かがくらりと揺れた。体は勝手に動き、彼女を抱き締めていた。ふと我に返って彼女の体を剝がすと、武尊を見つめるその瞳が燃えるように大きく揺れていて、思考が停止した。

　舌を入れなかったのがせめてもの救いだろうか。しかし彼女の同意を得ていなかったのも確かだ。

　まずい、離れなければ。そう思って別の隠れ家を提案したら、すごい勢いで抵抗された。

　何故だろう。

　確かに自分にとって彼女は大事な手蔓だが、彼女からしたらただの怪しい探偵程度の存在な筈だ。たまたま頼る相手が他にいなかっただけで、信頼できるような要素なんてあまりない。それなのに――。

『つい慰めようとしてくれたんですよね！　私、分かってますから！』

　真っ赤な顔でそう言いきられた時の、微妙なむかつきはなんだったんだろう。まあ、遊び人だと思われているのは想定内だが。

ずっと感覚的なものが麻痺していたのか、まるで人形のように無表情だった沙羅が、あんな風に赤くなったりムキになったりするのは初めて見た気がする。少し可愛いと思ってしまった自分に狼狽《うろた》える。

『深入りするなよ』

全くだ。馬鹿なことを考えている場合ではない。

彼女にとっては吊り橋効果が働いているのかもしれないが、せめて自分だけでも冷静でいなければ。男にトラウマがある上に免疫が全くないのだから。そしてそもそもこんな状況がなければ、彼女と自分とは住む世界が全く違うのだから。

今後の同居生活に思いを馳せ、武尊はもう一度だけ、音も立てずに嘆息した。

◇

事態が進展したのは数日後のことだった。

武尊は様々な情報ルートを持っているらしく、沙羅の叔父、辰宮慎一郎のことが色々分かってきたのだ。もちろん表向きの顔は沙羅も分かっている。

それに加えて、交友関係や仕事関係での怪しい動きを探ったところ、辰宮の大学時代の友人が楡の木会に所属していることが判明した。櫻井浩二《さくらいこうじ》。この男が辰宮を闇カジノに誘ったらしい。しかもそれだけではなかった。

「元々在学中にあまり接点はなかったらしいんだけど、実は共通の趣味があったみたいで……」

そう言って言葉を濁したのはマニだった。

「共通の趣味？」

叔父の趣味で知っていることと言えば、ゴルフやクレー射撃、そして賭け事くらいしか聞いてないが。

「あー……女の子？　しかもロ……かなり若い系の」

一緒に聞いている沙羅の顔をちらりと見て言葉を選ぶ。

沙羅の表情が強張る。辰宮の妻、即ち沙羅の父の妹であり叔母に当たる真莉愛《まりあ》も若く、というより幼く見える方だった。どちらかと言えば丸顔で、笑うと頬にえくぼができる。年相応の落ち着きはあるが、世間知らずのおっとりした雰囲気も手伝って、沙羅は幼い頃の叔母に似ていると良く言われたものだ。表情を陰らせる沙羅から気を逸らすように武尊が答えた。

「それで繋がるな。楡の木会は確か地下アイドルも扱ってるんだろ？　もしかしたら売春の斡旋《あっせん》くらいしてるかもな」

「そんな、ひどい……っ！」

沙羅の指先がわなわなと震えだした。若い、つまりは少なくとも未成年ということだろう。下手したら中学生もいるかもしれない。そんな年端もいかない子を、アイドルという言葉で釣ってこっそり商品として扱うなんて虫唾《むしず》が走る。

「まあ、家がなかったりまともな親がいなかったりして流れてくる子もいるからねえ。ワケアリの子は餌食になりやすい」

マニの言葉に、沙羅は眦《まなじり》をつり上げる。

「だからって！　その子達が何をするか自覚していようがいまいが、性的に搾取するなんて許されることじゃありません！」

沙羅の剣幕に、武尊とマニは顔を見合わせて無表情になる。

沙羅はハッとして声を落とした。きっと彼らは自分よりそんな少女達の現実を沢山知っているのだ。世間知らずで守られて生きてきた自分よりずっと。

「あの、すみません。こんなの綺麗事だって分かってはいるんですけど……でも……！」

それでも憤りは消えなかった。自分はただ体を触られただけだ。それでもあんなに怖くて気持ち悪かった。あんな行為を、金銭を伴っていたとしても許したくはない。

「あー、沙羅の怒りはとりあえず置いとこう。あんたは間違ってない。ただ、ここで肝心なのは、奴らのその趣味を突破口にできるかもしれないってことだ。闇カジノよりガールズバーの方が出入りしやすいしな」

「え……？」

「今、辰宮は社長と社長令嬢の消息不明で多忙を極めているはずだ。当然ガードも堅い。

そんな奴に人知れず接触する方法があるとしたら……？」

沙羅は武尊の言わんとしていることに見当が付かず、黙り込んでしまう。けれど武尊はそんな沙羅をよそに、にんまりと唇の端を上げる。

「マニ？　お仕事だぜ？」

「へいへい、そうくるとは思ってたけどね」

マニは大仰に溜息を吐いて見せた。

◇

「ちょっと準備してくるわ」とマニが出ていったあと、武尊は躊躇うように沙羅に告げた。

「これはあくまで推測だしあまり楽観的なことは言いたくないんだが……、あんたの親父さんは生きてる可能性が高そうだ」

「え⁉」

思いもしなかった武尊の言葉に、沙羅は食いつくように彼を見る。

「辰宮を調べていて分かったんだが、匡貴社長とその娘が消息不明だというのに、本来なら次に社長の座に就くはずの辰宮の社内ポジションが動かない。なぜなら筆頭株主の敬吾社長が行方不明だからだ。もし敬吾社長の遺体が見つかれば株は娘であるあんたに譲渡される。しかし娘の沙羅も行方不明」

武尊の言おうとしていることが分からず、沙羅はぽかんとしてしまう。

「匡貴グループを手に入れたいなら、敬吾の死体を公にしてあんたを探した方が早い。あんたを殺すにせよ何らかの方法で懐柔するにせよ、次の相続主は敬吾の妹である辰宮の妻になる。つまり敬吾が死んでいた方が辰宮にとって手っ取り早いはずなんだ。しかし敬吾社長は行方不明のまま。おかしくないか？」

沙羅の目が次第に見開かれる。

「恐らく、敬吾社長が辰宮に不利になるような遺言を残しているんだと思う。辰宮と密着していた檜山以外の弁護士を使ってな」

確かにまだ若い北斗は何人かいる顧問弁護士の一人でしかなかった。彼の上司がメインで父とやり取りしていたはずだ。

「つまり、叔父が社長の座に就かない内は、父が生きている可能性が高い、と」

「断言はできないがな」

真っ暗だった沙羅の胸に一筋の燈明が灯り、希望がわき上がる。

「ありがとうございます！」

「いや、推測の域は出てないし、俺はまだ何もしてない」

「それでも――」

沙羅手を伸ばして武尊の手を摑む。

「改めてお願いします。父を探し出すために私に力を貸してください！」

沙羅の必死の形相に、武尊は小さく頷いた。

◇

「本当に……マニさん？」

「まあね。なかなか可愛いっしょ？」

元々性別不明年齢不詳だったマニは、化粧とふんだんにフリルやレースを使ったゴシックロリータの服で、見事な美少女になっていた。

「女の方だったんですか？」

マニの変装に、沙羅は目が皿のようになっている。そんな沙羅を見てマニはニヤリと面白そうに笑う。

「必要に応じてどっちのカッコもするってだけ。『便利屋』なんでね」

ふふん、と鼻を鳴らしてみせるマニに、沙羅は驚きを隠せない。結局どっちなんだろう？

「もっと童顔で幼く見える女の子を用意できないわけじゃないけど、結構今回は危なそうなオシゴトだし、僕が行った方がいいかなって」

「………」

「そーんな心配そうな顔しないでよ。これでも腕利きの便利屋さんなんだから」

よほど不安そうな顔をしてしまったのか、マニがそう言って慰めてくれる。

「そう、ですよね。でもくれぐれも気をつけてくださいね」

「はーい」

◇

しかしことはそううまくは運ばなかった。

「ちっ、これだけ美少女なのになんの文句があるんだかっ」

「女じゃないってばれたんじゃないだろうなあ」

「あ、そんなこと言うんなら武尊が女装して潜入してみろよ」

「百八十超えの俺がか？　よしんば美女に化けられたとしてもロリコンの食指は動かせねえよ」

楡の木会で、マニはバイトの面接まで漕ぎ着けたものの、欲しいタイプではないと落とされたらしい。曰く『今、ウチで欲しいのはあんたみたいな派手系じゃなくてさあ……いや、圧倒的な美少女だと思うよ？　でももっと化粧薄目ってーか、ナチュラル系？　清楚系？　こう……いかにも身近にいそうでいなさそうな、つい守ってあげたくなる系っていうかねえ……オトモダチにそういう子いない？』だそうだ。

「お前、顔塗りすぎなんだよ」

武尊が舌打ちをするとマニも「そんなこと言ったってさあ！」と不愉快な表情を隠さない。地肌の浅黒さを隠すためにファンデーションを濃いめに塗ったのが裏目に出たらしい。

「どっちにしろ作戦変更だな。そっち方面が辰宮にも櫻井や堂島にも近付きやすそうだったんだが」

その時、一人黙っていた沙羅がおずおずと切り出した。

「あの、私じゃダメでしょうか……？」

「あ？」

沙羅が何を言い出したのか分からず、武尊は片方の眉を上げる。

「その、ローティーンに見られるのはさすがに無理だと思うんですが、私もどちらかと言えば幼く見られる方なので……」

ギリギリ十代でも押し通せるかもしれない。

「無理に決まっ――」

「いいかも！」

否定しようとする武尊の声に食い気味で、肯定したのはマニだった。

「マニ！」

「えー、だって沙羅ちゃんのいかにもすれてない感じとか？　おっとりといいとこの娘さんな感じとか、絶対奴らの需要ど真ん中だと思うけど」

マニの提案を、武尊は問答無用で突っぱねた。

「ダメだ、危険すぎる」

「武尊さん！　実働なら手伝わせてくれるって言ったじゃないですか！」

「それはもっとリスクの少ない作戦の場合だ。辰宮を動揺させるために遠目に姿を現してみせるとかな。実際に至近距離で話すようなミッションは無理だ。あんたにできっこない」

言い切られて言葉に詰まる。確かに演技なんてしたことはないし、決して器用なタイプでもない。しかし――。

何かできるかもしれないという勢いが沙羅の背中を押す。

「雇い主は私ですよね。だったら私は希望を通す権利があるのでは」

「沙羅！」

珍しく引かない沙羅に、武尊の目は益々剣呑《けんのん》な光を帯びる。

「お前に何かあったらこっちはゲームオーバーだ。そんなリスクは冒せない」

「そのリスクを軽減するのがあなたの仕事では？」

怖いのを必死で堪えて言い返した。

「……すみません。まだ一円も払ってないのにこんな事を言う資格はないってわかってます。でも、これ以上じっとしているなんて、私……」

唇を噛んで言い募る沙羅に、初めて武尊の目に微かな迷いが生じた。その迷いを素早く読み取ったマニが、再び沙羅を推す。

「まあ確かに危険は伴うけどね、外見は変装メイクや服でなんとかなるでしょ」

「そうは言うが、こいつだって一応二十歳超えてるし！　そもそも奴らだってこいつのことを捜してるはずで――」

「なら武尊が付いてけばいいんだよ。『俺の妹なんだけど』って。睨みも利いて一石二鳥じゃない？」

一方思わぬ援護を受けて、沙羅のテンションは一気に上がる。

「お願いします！　やらせてください！」

どう考えたって、この中で楡の木会に入り込める可能性が高いのは沙羅だ。しかしそれでも尚、武尊は賛成しかねる表情で言った。

「皆の前で歌ったり踊ったりしなきゃならないかもしれないんだぞ？」

「……やります」

決死の覚悟で答える。歌も踊りも全く自信はないが、プロを目指すわけではないのだから下手でもご愛敬だろう。

「きわどい衣装を着せられたり」

「ここに来る時だって着ましたし」

追い詰められたらなんだってやる。そのことを自覚したのはあの時だ。

「ヤバい仕事をさせられるかもしれない。男に媚《こ》び売ったり触られたりしたらどうする。その場で吐いたりしたらアウトだぞ？」

武尊の目に射すくめられて、沙羅は一瞬怯む。お腹の前で組んでいた指をぎゅっと握った。

「……それでも、」

自分にどこまでできるかは分からない。演技なんてやったことはないし、ましてやいやらしい目をした男性相手にやりこなせるのか。けれどこの部屋で何もできずにただ待っているのは限界だった。危ない橋を渡ることになっても、敵を探りに行ける方がまだいい。

「攻撃は最大の防御、と言いますし」

覚悟を決めて沙羅が言うと、武尊は「少し考えさせてくれ」と視線を逸らしたのだった。

◇

結局マニの言うとおり、最初は武尊が兄としてついて行くことになった。

と同時に、念には念を入れて変装する。ストレートの髪には元々癖毛《くせ》のように見えるふわふわのパーマをかけ、カラコンを入れる。ダメ押しに、目元と口元に小さなほくろを入れた。顔にあるほくろは目立つ。それ自体が存在感を醸し、別人と感じさせる要素が大きくなる。

更に色んな装備も付けさせられる。服のボタンに見せかけたGPSや盗聴器。眼鏡とネックレスに取り付けられた超小型カメラとピアスに見せかけた通信機は、遠く離れたところからでも状況を分析したマニや武尊が、沙羅がどうすべきか指示出来る代物だった。

胸ポケットに刺したキャラクター物に見せかけたボールペンは、車の窓もぶち破れるタクティカル仕様である。

更に身のこなしや護身術のレクチャーも受ける。元々沙羅自身、父親の計らいで身の躱し方など多少の心得はあった。

諸々の重装備を潜ませて、沙羅は武尊の後ろに立っていた。


「妹が友達からここで割のいいバイトできるって聞いたんだけど」

ビルの中に入っている『楡の木会』と看板を出している事務所の入り口で、いつにも増して派手な格好の武尊が受付に肘を突く。シルクのレモン柄のシャツに革のズボンがぴったりと足に貼り付いている。

サングラスを下にずらして地味な制服を着た受付女性を見つめると、彼女の頰がほんのり赤くなった。武尊の野性味を帯びた美しさは、それだけの威力がある。

後ろに立っていた沙羅は緊張したまま複雑な面持ちになった。

が、今はそれよりも恥ずかしさが上回る。

なにしろ着せられたのが、今時まさかのセーラー服である。上に生成りのカーディガンを羽織り、セーラー襟と同柄のチェックの膝上丈プリーツスカート。いくら童顔の沙羅でも、二十歳を過ぎてからセーラー服を着るとは思っていなかった。マニ曰く『昨今のアイドルブームで、それ風の服を出しているブランドがあるんだよ』とのことだったが、沙羅自身が通っていた中高一貫の制服はグレーのワンピースでデザインがもっと大人しかったし、スカートの丈も膝が隠れる丈だった。元々素肌を晒《さら》すのを避ける傾向にあった沙羅は、いくらスコート付とは言え、短いスカートとニーソックスは初めてである。

ブレザーもあった筈だが「マニアに受けるのは絶対セーラー服」と主張したのはマニだった。

しかし何より恥ずかしかったのはツインテールに結われた髪型だった。若作りもここまでくると変装と言うより仮装に近い気がした。本当におかしくはないんだろうか。

マニは大丈夫だと太鼓判を押してくれたし、武尊はむしろ気の毒そうな目で「似合ってる」と言ってくれたが。

(そ、そうよ。ハロウィンパーティとかの仮装だと思えば……っ)

そんな沙羅の葛藤をよそに、武尊はフェロモンを滲ませた目付きで受付嬢をたらし込んでいる。

「バイト、ですか?」

コホ、と軽く咳払いをしてから、受付嬢は聞き直した。

「ああ。妹の友達はアイドル目指してる子なんだけどね、そこまで本気の仕事じゃなくてもいいんだ。ただうちの親がちょっと病気になって困っててさー、妹も結構可愛い顔してるから、なんか短期で稼げる高額なバイトがあるんなら、と思って」

「バイト、と言いますか、我が社で所有している小さなライブステージがありまして、そ

の関係でアイドルを目指している子にアドバイスをしたり支援をしたりしている部署はありますが……」

「へえ、いいじゃん。その部署紹介してよ」

「そうしましたら、こちらにお名前と――」

「ああ？」

武尊の声が急に凄みを帯びる。

「おねーさん、聞いてなかったのか？　オヤがさ、入院して困ってんだよ。なる早で金が欲しいわけ。そんな面倒な手続きやってる暇ねえっての」

武尊の声は淡々としているが、眼光は殺気を帯びている。その証拠に受付嬢の表情が白くなり、指先が震え始めた。

「そう申されましても――」

彼女の声がどんどん小さくなる。

「あ？　聞こえねえなあ！」

一方武尊の柄の悪さはどんどん増していった。

「よかったらこちらでお話を伺いましょうか」

その時、事務所の奥から一人の男が出てきて武尊の前に立つ。細かいチェック柄のスーツに先が尖《とが》った革靴はいかにも業界人めいた装いだった。

「あ？　あんたは？」

だらしなく受付に肘を突いたまま、武尊は男の顔をねめつける。スーツの下をポロシャツでドレスダウンさせた男性は四十代くらいだろうか。武尊の様子に動じることもなくにっこり笑って見せた。

「先ほど受付の者が説明した支援部の者です。まあ支援と申しましても女の子達の無料相談所みたいなものですがね？　こういう者です」

男は武尊に懐から取り出した自分の名刺を差し出すと、値踏みするように沙羅の全身に目を走らせた。

『プロモーションアドバイザー　櫻井浩二』。

この男が叔父の元同級生か、と沙羅は唾を飲み込む。叔父も実年齢より若く見える方だが、この男も業界風のせいか若く見えた。

「で、後ろにおられるのが妹さん？」

「……ああ。カリンだ。こいつは俺と違って小さい頃から大人しいいい子ちゃんでね。でも見た目も悪くないだろ？」

「ええ。なかなかの逸材だ。肌も白いし髪も綺麗だし。ずっと恥ずかしそうにうつむいているのも新鮮でいいね」

本当に恥ずかしかっただけなのだが、変なところで瓢箪《ひょうたん》から駒が出た。しかし武尊はここぞとばかりに押していく。

「あ、やっぱし？　おっさん分かってるじゃん！　俺もそう思ってさあ」

「もちろん俯いて人の後ろに隠れてばかりいたら困るが、初々しいのは大歓迎だ。目立ちたがる根性も大事だが、慣れすぎてて擦れてると却って観客が萎えるからねえ」

「だよな！　その点、うちのカリンは超お薦め！　なんせ箱入りで育ってっからさあ！」

妙なテンションで無理矢理意気投合し、武尊は男の肩をバンバン叩いた。

「えーと、それじゃあ……サクライさん？」

武尊は名刺に目を走らせて、馴れ馴れしく男の名前を呼ぶ。

「こいつに向いてそうなバイト、ない？」

◇

連れてこられたのは、ビルの地下にある薄暗い店だった。ライブもできるらしく奥にステージもしつらえてあるが、基本は飲食店らしい。いくつもあるソファ席で、いかにもアイドルを目指しているような若い女の子が、アイドルオタクとおぼしき男性に飲み物や料理を運びつつ相手をしている。

「ああ？　デビュー前にキズモノにされんじゃねえだろうなあ」

武尊が凄んで見せたが、櫻井は柳に風と受け流した。

「とんでもない。この店はあくまでアイドルを青田買いしたいお客様向けの健全な店だよ。当然女の子達に触ったりも禁止、普通の接客程度にお喋りを楽しむだけだ。一応飲食店の形を取っているからキャストは時給制だが、人気が高ければ当然勤務も増えやすくなる。パフォーマンスとサービスを学びつつ人にも慣れる。悪くはないだろう？」

櫻井の舌は滑らかで、いかにも言い慣れている感じが却って胡散臭い。接触禁止と言ってもこの店内の薄暗さでは、実際に何もないとは言い切れないだろう。

「なんだったら、お兄さんが見張っていればいい。もっともその場合は何か注文してもらうがね」

「ふ……ん」

武尊はつまらなさそうに鼻を鳴らす。

「カリン、やれるか？」

「……はい」

少し怖気づきそうになっていたのに気付いたのか。武尊は沙羅の頭を軽く叩いて言った。

「親父のためだ。頑張れ」

その言葉で覚悟が決まる。

「はい」

今度は力強く頷いた。

◇

「へえ、カリンちゃんて言うんだ。いくつ？　もう中学は卒業してるよね？」

「はい。あの……十六です」

さすがに七歳もさばを読むのは恥ずかしい。しかし相手はすんなり信じたようだ。沙羅の胸中が複雑になる。

言葉少なに答える沙羅に声をかけてきたのは、チェックのシャツにジーンズがキツそうな腹をした男だった。ベルトの上に腹の肉が乗っている。

「ヤノさん、ごめんねー。この子、今日が初めてだから緊張しててさあ」

そうフォローしてくれたのは、同じ席に料理を運んできたやはりアイドル志望のるるという少女だった。沙羅同様制服風の衣装にポニーテールで猫耳を付けている。更に名前を覚えて貰いやすくするためらしく、左胸に手書きで『るる』と書いた名札を付けていた。

当然沙羅も『カリン』の名札を付けている。

「あー、でもやっぱ男の人ってカリンちゃんみたいな大人しそうな子にそそられるのかなあ。るる軽くショックー」

「そ、そんなことないよ！　元気いっぱいのるるちゃんも可愛いって」

「えー、ホントにぃ？　るる、うれしー？」

顔の横でお祈りのように指を組んで、元気で無邪気な笑顔を振りまきながら、ちらちらとカリンに目配せを送ってきた。沙羅はいつもより心持ち高めの声を出す。

「これから頑張りますのでよろしくお願いします！」

ぴょこんと頭を下げると、ヤノは嬉しそうに「うんうん、いいねえ」と相好を崩した。不慣れな態度が却って新鮮に映るらしい。

るるのフォローや男の勝手な欲望フィルターに救われて、沙羅はなんとかバイトの初日を終えたのだった。

◇

驚くことに、翌日には沙羅はその店の接客に慣れつつあった。それは武尊やマニからのインカムピアスからの指示や指南によることもあるが、実際櫻井の言うとおり、変な客が少なかったのも大きい。彼らは総じてクセは強かったが紳士的な振る舞いを保っていた。

しかしそれだけでは目的は達せられない。

その店で働き始めた三日目、沙羅は第二ミッションを開始した。

櫻井がビル内の廊下を通るタイミングを見計らって、隅でこそこそスマートフォンで話すふりをする。

「え？　そんなこと言ったって無理だよ、お兄ちゃん！　今だって慣れるのに精一杯で……お父さん、そんなに悪いの……？　え、でも……」

そして急に櫻井の存在に気付いたふりをして「お兄ちゃん、ごめん、仕事戻らないと……」と通話を切った。その前に、目尻に涙は滲ませてある。

「カリンちゃん?」

「あ、すみません! すぐに仕事に戻ります!」

慌てた振りをして走り去った。ピアス型のインカムから低い声が流れる。

『どうだ? 食いついてそうか?』

「分かりません。こちらを見てたから会話は聞いてたと思いますけど」

武尊の台本通りに喋っただけの沙羅は、それでも慣れない演技に緊張して、相手の表情を読むには至っていないし、元々そんなスキルもなかった。しかし数時間後、仕事を終えた夜の七時過ぎにその効果は現れた。

「カリンちゃん、ちょっと……」

「はい、なんでしょう?」

呼ばれて櫻井の方を向く。一緒にいたるるの目が面白そうに光る。

『カリンちゃん、呼ばれるの早い~。でも気をつけてネ~?』

意味深な目線で、こそこそと囁いた。るるはこの店に入ったのは沙羅より一ヶ月ほど早いだけだったが、噂話が大好きでなかなかの情報通だった。

曰く、少し大人しそうなタイプは研修という名目で別の店を紹介されるのだと。しかしその『研修』に行った子は、あまり戻ってこないのだとも言っていた。

『エンコー斡旋だって皆言ってるよー。ま、お金欲しい子はちょうどいいんだろうけど☆あ、でもこれるるから聞いたってナイショだからね?』

そう耳打ちされたのは、沙羅が入った翌日のことである。情報が駆け抜けるめまぐるしさに、沙羅は必死で平静を保った。一方で、子供には子供なりのしたたかさがあるのが少し頼もしかった。

「大事な話だからこっちの部屋で話そう」

櫻井がそう言って指さしたのはミーティングルームと呼ばれている小部屋である。

『沙羅、部屋の鍵をかけられないよう、後から入って』

武尊が遠隔で注意を促した。

起こりうる危機に覚悟を決めて、沙羅は櫻井とミーティングルームに入る。

「あの、なんでしょうか？」

会議用の簡易チェアに座った櫻井に、机を挟んで反対側の椅子に座った沙羅が問いかけた。

「こんなことを聞いて気を悪くしないで欲しいんだけど……カリンちゃん、お金に困ってるんだよね？」

いきなり核心を突かれて、沙羅は言葉に詰まる。

「それは……」

「ほら、最初にお兄さんが言ってたじゃない。お父さんが入院して困ってるって。あれ、本当？」

行方不明の父を思い出し、硬い表情になる。

「……本当、です」

その沈痛な面持ちが信憑性を増したらしい。櫻井は「そうか」とうんうん頷いた。

「じゃあさ、これはあくまで提案なんだけど、別の店でもバイトしてみる？」

「え？」

わざと驚いた顔を作った。

「正直ここよりかなり時給はいい。でもその分しっかり接客業だよ。君に務まるかな」

沙羅は戸惑う顔を見せた。

「それは……男の人とホテルとか……？」

「あー、違う違う！　それじゃあ完全に違法になっちゃうよ。ただ……お酒の提供はあるから、多少手を握られたりくらいはするかもしれないけど、その程度の我慢は時給に含まれちゃうからねえ」

「あの、えーと……」

考えただけで虫唾《じ》が走るが、ここで迷って見せているのは櫻井を焦らすための演技だった。マニが調べたそちらの店の方が、辰宮が出入りしている気配がある。だが、非合法なことをしているからか、その存在は公になっていない。そのため、そちらに行けるよう今回の芝居を打ったのだが、こんなに早く上手くいくとは思っていなかった。

「もちろんお兄さんが反対しそうなら黙っててあげるけど……世の中には結構若い女の子と喋ってみたい男性は多いんだ。こう、娘さんとうまく喋れないお父さんとかが練習に、とかね。もちろん無理強いはしないけど」

櫻井はあくまでスマートで温かみのある優しい声だった。そうと知らなければ沙羅も騙されそうだ。しかしこうやって今まで何人もの未成年を食い物にしてきたのだろう。そう考えると、恐怖よりも憤りが勝つ。

このままにしておきたくない。少しでもこの男達を痛い目に遭わせてやりたい。そんな怒りが沙羅を突き動かした。

「やります」

「そっか。良かった！　じゃあさっそく今晩から行ってみる？」

「はい。よろしくお願いします」

沙羅の首元を彩る小型カメラ内蔵のハート型ネックレスが、ひらりと揺れて煌《きら》めいていた。

◇

そのまま車に乗せられた沙羅は緊張していた。カメラやインカムで状況は逐一武尊に届いているはずだし、ＧＰＳで位置を確認しながら気付かれないように尾行もしている筈だった。護身用に持たされたアトマイザー偽装の催涙スプレーや小型スタンガン、タクティカルペンもポケットに忍ばせてある。

それでも車内は密室には変わりない。走り出してから五分ほどで目的地に着いた時はホッとした。

「カリンちゃん、こっち」

「はい」

連れてこられたのはいかにも高級そうなタワーマンションで、武尊たちがどこまで入れるか不安になる。しかしそうも言っていられない。櫻井が促すまま、音も振動も全くないエレベーターに乗った。

「そう緊張しなくても大丈夫。お客さんはジェントルな人達ばかりだから。そもそもある程度裕福じゃないと入れない会員制だしね」

お金持ちだからジェントルとは限らないだろう。寧ろ金や権力を使えば好き放題してもばれなさそうな気がする。

無言で小さく笑みを浮かべる沙羅に何を思ったか、櫻井は続けた。

「カリンちゃんも本当はいいとこのお嬢さんなんじゃないの？　なんていうか……立ち居振る舞いに品があるよね」

「そうですか？」

褒められて困ったように微笑んだ。しかしそれは最初の店でも客や他の少女達から言われていたことだった。

高層階の、なんの表示もないドアを、櫻井はカードキーで開けて中に滑り込む。

「まあ、あのお兄さんはあまりそうも見えないけど。……これは内緒ね」

人差し指だけを立てて唇に当て、櫻井は片目を瞑った。それが様になる男である。根っから詐欺師に向いていそうなタイプだと沙羅は思う。武尊達から色々聞いていなければいい人だと思っていたかもしれない。

「私、こんな格好でよかったんでしょうか？」

沙羅は相変わらずセーラー服を身につけていた。高級な場所ならそれなりに着飾った方が良いのでは、そう思って訊ねたが、櫻井は軽く首を横に振る。

「あくまで普通の女の子と喋りたい人達が来るからね、制服の方が萌えポイントが高い。だけど、もし着替えたければ衣装室があるからそこも好きに使って構わないよ」

「わかりました。あと、お手洗いに行っていいですか？　ちょっと緊張しちゃって」

「どうぞ」

櫻井はスマートな仕草で廊下の先に手の平を向けた。軽く会釈して個室に入る。幸い誰もいなかった。

『沙羅。どうだ、大丈夫か？』

辺りの気配に気をつけながら小声で返す。ジャミングなどはなさそうだ。

「はい。一応現場には着きました。部屋は最上階の二五〇五号室です。引き続きモニタリングお願いします」

『了解』

大丈夫だ。いざとなれば武尊が助けてくれる。そう思うだけで勇気が湧いた。

「行ってきます」

◇

マンションの一室は、玄関から入って手前の二部屋をキャスト用の衣装室兼待機部屋と、もう一室をクロークルームにしているようだった。奥のリビングルームに進むと、三十畳くらいの部屋にソファやテーブルが並べられている。壁の一面は窓ガラスで、眼下には夜景が煌めいていた。部屋の照明は絞ってあり、室内には静かな音楽が流れている。

いかにも裕福そうな客達は、ゆったりとしたソファに腰掛けてお気に入りの少女を侍らせている。少女達の大半が制服っぽい服を着ているのが、多少異様と言えば異様だろうか。しかし思ったよりは和やかで不健全な空気ではなかった。沙羅は内心ホッとする。

「堂島さん、この子です」

櫻井に連れられて紹介されたのは、一番奥のソファに座っていた五十代くらいの品の良さそうな紳士である。マニに見せてもらった写真で顔を知っていなければとてもヤクザには見えない。

「カリンちゃん、この店、『Secret Garden』のオーナーの堂島さん。ご挨拶して」

「初めまして、カリンです。よろしくお願いします」

沙羅は静かに頭を下げた。

「ほう……、悪くないな」

「でしょう？」

目を細めた堂島の温和な顔に、なぜか沙羅の背筋が凍った。獲物を見つけた肉食獣の顔が一瞬よぎったように見えたのは気のせいだろうか。

「立ち姿の姿勢がいい。背筋が伸びているが無理な力が入っていない。親御さんが厳しかったのか、それとも専用の教育係が付いていた？」

「……父が、立ち居振る舞いは大事だと」

いつも沙羅には過保護で甘過ぎる父親だったが、身だしなみと立ち居振る舞いには接客業のトップということもあるのか、常に目を配られていた。

沙羅の声が陰ったことに気付き、堂島は櫻井に顔を向ける。

「カリンちゃんは、今お父さんが病気で困っているようでして」

「ああ、それは気の毒に。なあに、ここには親切な人がたくさんいるから、可愛がって貰いなさい」

「……はい」

堂島との挨拶が一通り済むと、櫻井に連れられてまるでパーティ会場のようにそれぞれの客に紹介される。客は櫻井が言うように親切で柔和な者が多かったが、一緒に座っている少女達は、人形のように沙羅と目を合わせなかった。

沙羅が櫻井と客の間を回っている間に、廊下に繋がる扉を開けて新しい客が入ってくる。

「ああ、辰宮様、ご無沙汰しております」

気付いて櫻井が声をかけ、その名前に沙羅はギョっとした。確かに叔父がこの店に出入りしている情報を元に楡の木会に潜り込んだのだが、いきなり初日に出くわすとは思っていなかった。ばれないだろうか。覚悟はしていたが、不安になって思わず顔を伏せてしまう。

「そっちの子は？　新しい子かい？」

「ええ。カリンちゃんです。もう十六歳なんで辰宮様の好みとは少し外れるかもしれませんが……」

その言葉に更に虚を突かれる。「もう」ということはこの店は中学生くらいの子もいるのだろうか。そして叔父のような男の相手を？

「カリンちゃん、辰宮様だ。お得意様だから粗相のないようにね」

「はい」

小さな声で答える沙羅の姿に、「すみません、まだ慣れてない上にシャイな子でして」と櫻井が言いつくろっていた。

しかしそんな沙羅を見つめ、辰宮は怪訝《けげん》な顔になる。

「沙羅……？」

鼓動が早くなり、額に汗が滲みそうになる。櫻井はそんな辰宮と沙羅を交互に見た。沙羅は腹の奥に力を込めて、叔父と真正面から対峙する。

「どなたか……お知り合いに似てますか？」

そう言ってにっこり微笑むと、辰宮は慌てて「あ、ああ」と作り笑いで誤魔化していた。大丈夫。変装はしているから似ているだけだと思う筈だ。

それにこんな時のために、自殺の名所で自殺の偽装もしたし、別ルートで偽のパスポートで海外に逃げたという偽情報も流してある。どんな裏技を使ったのか、「カリン」としての偽の学生証や保険証まで偽造してあった。だから現在どんなにカリンが沙羅に似ていたとしても「匡貴沙羅」が東京にいる可能性は限りなく低いと思われているはずだった。

武尊やマニにも「とにかく堂々としていろ」と指示されている。

「私、カリンです。よろしくお願いします」

あくまで平静を装って辰宮にお辞儀してみせると、彼はまだ半信半疑ながらも「ああ、よろしく」と答えたのだった。

◇

改めて指示され、見も知らない男の席に着く。勧められてオレンジジュースを頼んだが、武尊の指示通り口を付ける振りをして飲まなかった。店の中は静かなさざめきに包まれている。

好きな服やアクセサリーのブランド名を訊かれたので「よく知らないんです」と答えたら「今度買ってあげるよ」と相好を崩す。なるほど、この男達は無欲と世間知らずも好物らしい。

「それよりもおじさまの話がお聞きしたいな」と、事前に櫻井に教えられたとおりに小首を傾げて見せたら、益々嬉しそうになって今までの自分の成功談を話し始めた。簡単すぎて目眩がする。

結局小一時間、男は自分の有能さと社会的地位と権力について自慢し、帰っていった。そんな客が数人続く。数時間経った頃にはさすがに沙羅も疲れてきた。

辰宮叔父はいつの間にか帰ったらしい。

沙羅が櫻井に送られて帰る際、「途中で来たスマートな方は？」とさり気なく水を向けると「カリンちゃんはああいうタイプが好みかい？」と聞き返される。

「少しだけ……父に似ています」

そう答えると、「今度来たらそう伝えておこう」と請け負ってくれた。上手くいけば近付けるだろう。

家まで送ると言われたのを強く固辞し、地下鉄の駅の入り口で下ろして貰い、尾行に気をつけて地下に下りてからまた別の出口を上がっていくと、武尊が車で待っていた。

「お疲れ」

彼の顔を見た途端、どっと疲れが押し寄せてくる。助手席に乗り込むとぐったりとシートに身を預けた。

「大丈夫か？」

「はい」

言いながら、意識は半分落ちかけている。異様なだるさに覆われていた。

「叔父が来ていました」

「ああ、聞いてた。幸先がいいな」

それを聞いて安心した。自分は何とか上手くやっているのだ。

「また来るでしょうか？」

来てくれなくては沙羅が潜り込んだ意味がない。しかしあのリアクションを見れば、あるいは。

「たぶんな。それより疲れたろ。家に着くまで寝てていい」

「はい」

その返事をかろうじて言い終えると、沙羅はことんと眠りに落ちていた。

4．媚薬《びやく》クライシス

体が熱い。内側に熱が籠もるように火照っている。風邪でもひいたんだろうか。そんな予兆や前兆はなかったのだけど。

じっとりと汗ばむ肌が気持ち悪かった。でも気怠くてあまり動けない。

気が付けばベッドの中だった。武尊のマンションの、沙羅の大きさなら三、四人は寝られそうなキングサイズのベッド。

——いつの間に？

自分で歩いて部屋に入った記憶がない。ということは、武尊が車の助手席から運んでくれたんだろうか。それは大変申し訳ない。

「沙羅、大丈夫か？」

声がするから、重すぎる瞼《まぶた》を必死でこじ開けた。天井の照明をバックに、彼が沙羅の顔を覗き込んでいる。

「あつい……です……」

「ああ。少し発熱してるし発汗してる。もしかしたら何か飲まされたな」

「そんな……」

気をつけて出されたものは極力口を付けないようにしてたのに。

――あ、違う。最後の客に勧められて、一口だけジュースを飲んだ。客が特別のノンアルコールカクテルだと言って作らせたものだったので、断るわけにいかなかった。

「それを飲んだら少し気分が良くなって喋れるようになったんです」

まさか何かの薬が入ってるとは思わなかった。

「店の奴が入ったばかりのキャストに入れるとも思えないから、その客がこっそり入れた可能性が高いな」

「でも用心して殆ど口を付けなかったし、お店ではこんな風に体が熱くなることはなかったのに」

「つまり普通に飲んでたら店の中で何らかの症状が出てたのかもしれない。一口だから効き目が薄くて今更出てきたってとこか。安価で出回っている違法ドラッグの一種だと思うが……どっちにしろ成分が分からなきゃ抜けるまで待つしかない」

そんな。確かにあの客はなかなか帰りたがらなかったけれど。沙羅の身になんらかの変化が起きるのを待っていたのだろうか。

正直いってかなり辛かった。体が熱いだけでなく、下腹の奥の方が何か疼いてる感触がある。脚の付け根もトイレに行きたいような、でも違うような変な感覚があった。武尊にそう告げると、彼は渋い顔になる。

「とりあえず水を飲んで薬を薄めるんだ。ほら、飲めるか？」

差し出されたペットボトルの水を、それでも上手く飲めなくて零《こぼ》してしまう。

「ちっ」

小さな舌打ちが聞こえたかと思うと、肩の下に腕を回され、上半身を浮かせられた。重みで下がっていた頭を追いかけるように、彼の顔が近づいてきて沙羅の唇に武尊の唇が押しつけられる。

元々薄く開いていた唇を、更に舌でこじ開けられ水が流し込まれた。唇が押しつけられたままだったので吐き出すこともできずゴクンと飲み込んでしまう。

何度かそれを繰り返された。

ぐったりしていた体で抗う術もなかったが、驚くほど抵抗感もない。

沙羅は慣れてくると、せがむように彼が与える水を飲み続ける。

ペットボトルの水が三分の一ほど減ったところで一旦供給はストップされた。

「ほたか、さん……」

「悪いな、あまり手段を選んでる時間がねえ」

「そ、じゃなくて……わた、し……へん」

「どう変なんだ？　言えるか？」

朦朧《もうろう》とする頭でなんとか伝えようと出てきた言葉は、自分でも信じられないものだった。

「キス、してほしい、もっと——」

何を言ってるんだろう。何を言ってるの。こんなことを言うなんて──。

「そんな泣きそうな顔をするな。たぶん、薬のせいだ。催淫効果のある成分が含まれてるんだろう」

「さい、ん……？」

文字が上手く脳内で変換できない。

「媚薬、つったら分かるか？　人工的に発情させてセックスしたくなる薬だ」

そんな……。

そのせいで彼にキスしてほしがってるの？　そのせいでさっきの口移しの行為が気持ち良くて仕方なかったの？

「ごめ、なさい、私……」

体の辛さと精神的な混乱で、息が上手くできなくなる。謝ったつもりだけど言葉も覚束なかった。

「謝るな。あんたのせいじゃない」

彼の目と声が優しくて、沙羅は子供のように彼に縋りたくなってしまう。

「キスして……」

蚊が鳴くような小さな声で言ってしまった。彼にキスして欲しい。いやキスだけじゃない。体中の内側で蠢《うごめ》いている熱の固まりを、粉々に壊して欲しい。彼に、食べられてしまいたい。

普段なら思いも付かないような、激しい本能的な欲望が沙羅の精神を蹂躙《じゅうりん》していた。

「薬が抜けるまで我慢するんだ。あんたは今正常な状態じゃない。薬のせいでおかしくなってるだけだ」

「それでもいい。お願い、助けて——体中が変で、お腹の奥が苦しいの——」

鉛のように重たく感じる自分の腕を、なんとか布団から引き抜いて、ベッドの端に突いている武尊の手を掴んだ。渾身の力を込めたいのに、殆ど力が入らないのがもどかしい。

武尊は冷たい目でうなされた沙羅を見下ろしている。

——当然だ。変な薬のせいとはいえ、こんなことを頼むだなんて。軽蔑されても仕方がない。刃物のように冴え渡った武尊の瞳の中に、熱で浮かされた、はしたない沙羅の顔が映っている。

どれくらいそうしていたのか、けれど先に目を逸らしたのは武尊が先だった。

「……くそっ!」

彼は口汚くそう言うと、かけてあった布団を引き剝がし、沙羅の体に覆い被さってきた。

◇

彼の唇が降ってくる。待ち焦がれた唇が。

それは私の唇をあやすように、焦らすように、軽く押しつけられては離れていく。

やだ、そんなんじゃ全然足りない。

私はむずかる子供のように自ら舌を伸ばして彼のそれを求めた。願いは叶えられ、二つの舌がじゃれあうように絡み合う。気持ちいい。

「ほ、たか、さん……」

唇が離れて見つめ合う。彼の目に映る私は、とろんと蕩《とろ》けたようになっていて、いかにも淫乱そのものだった。自分がこんな顔もできるなんて思ってもみなかったが、今は全く気にならない。彼が欲しくて堪らなかった。

「体中が……熱くて堪らないの……」

目を潤ませてそう言うと、彼は「ああ」とだけ答えて私の服を脱がし始める。背徳的なセーラー服は彼の手によって見る見る剝がされていった。小さく見えるように抑え付けてあった胸も、和装用のサポーターが外されて楽になる。私は思わず大きく息を吐いた。

白い胸が彼の眼前に晒されていて、恥ずかしいのに、もっと見てほしかった。彼の目が、獣のような獰猛《どうもう》さを帯びる。それだけで鳥肌が立つような興奮を覚え、先端がピンと立ってしまう。うそ。こんな風になるなんて。ほんの数ミリだけ隠したい衝動もあるけど、腕が重くて動かせなかった。

唇を再び塞がれ、裸になった胸を彼の大きな手がやわやわと揉み始めた。

恥ずかしくてたまらないのに気持ちいい。擽《くすぐ》ったい。

「嫌な感じがしたら言え。すぐやめるから」

冷静な声でそう言われたけど、嫌な感じなんて全くしない。

「嫌じゃないです。気持ちいい……」

うっとりとした声を出すと、彼は私の胸の先端に吸い付いてきた。

「ひゃっ！」

突然の強い刺激に、瞼の裏がちかちかする。乳首が舐められ、舌を巻き付けられ、軽く噛まれると、足の付け根に変な感触が湧き上がってきて、腰が浮きそうになった。

「はぁ、はぁあん……っ」

鼻にかかった甘い声が、自分のものじゃないみたいだ。

「あ、や、ダメぇ……っ、もっとぉ……っ」

何を言っているのか、自分でもよく分からない。ただ快楽の波に揺られ、言葉は難破船のように激しく漂っている。

もう片方の乳首も指先で弄られ、益々体温は上がっていった。

このままもっとせり上げて欲しい。止めどなく溢れさせ、この火照った体から一切の熱を追い出して欲しい。そうしなきゃ、この辛さはずっと終わらないだろう。

胸元にある彼の頭に手を伸ばし、長い金髪を指に絡めてまさぐった。彼は私の胸に吸い付いたまま、上目遣いにこちらを見る。

凶暴な獣の目に、背筋がゾクゾクと震えた。

「どうした？　こんなんじゃ足りないか？」

低い声で言われて、本当にそうであることを自覚する。

まだ足りない。まだまだ足りない。彼はそんな私の心を読んだかのように、胸にあった手を下へと伸ばしていく。お腹の辺りを撫でられて、嫌が応にも期待値が上がった。

更に彼の手は太股の外側に当てられた。さすがに少し怖くなって、身を竦ませてしまう。しかし彼の手は優しく太股の外側を撫でていた。少し安心して、撫でられるに身を任せた。しかしホッとしたのも束の間、身の内側にあった火照りは下半身に集中していく。もどかしさと不安がない交ぜになって肌を焦がし始めた。

「ほたか、さん……」

おへその辺りを舐めていた武尊さんと目が合う。

怖い。逃げ出したい。食べられてしまいたい。

矛盾する感情に引き裂かれ、言葉は宙に漂って消えた。

けれどそんな私を見て、彼は一層獰猛な表情になる。怖い。私の怯えを見て取ったのか、彼は両手で私の頭部を包み込むようにすると、再び甘いキスをした。

目を閉じて唇が触れ合うと、それだけで少し安心してしまう。顔の角度をずらして深いキスを交わし、クラクラしている間に、彼の片手は私の脚の付け根へと伸びていった。

まだ身に付けていたショーツの穿《は》き口から、大きな手が差し込まれる。彼の長い指は茂みを掻き分けて上部をくりくりと撫でると、割れ目に沿って何度もスライドした。

「あ、はぁあ……んっ」

僅かに離れた唇の隙間から、喘《あえ》ぎ声が漏れる。そんなところに触られて気持ちいい場所があるなんて知らなかった。特に上の方に敏感な場所があって、彼の爪が引っ掻くように表面に触れると体中がびくびく震えてしまう。喘ぐ声も止まらなくなった。しかしその声も再び彼の唇と舌に飲み込まれた。

キスと陰部への愛撫《あいぶ》で、私の脳は再び蕩け出す。脚の付け根はしっとりと湿り、そこを行き来する彼の指を濡らしていた。更に彼の器用な親指が、隠れていた敏感な部分を探り出してぎゅっと押しつぶす。その途端、そこから一気に快感の波が体中に広がった。

目尻から涙が零れ出す。彼はそれに気付き、私の頬に流れ落ちた雫を舐め取ってくれた。

「これくらいにしとくか？」

静かな声で訊かれる。

「怖いんなら無理しない方がいい」

重ねて言われ、考えるより先に首を横に振った。今、このまま放置されたらどうにかなってしまう。

「だいじょ、ぶです。だから――」

必死にそう言うと、私は彼の背中に腕を回してしがみついた。他にどうすればいいのか分からない。

「ああ。分かった」

膝に手を置かれ、両足が広げられ折り曲げられる。更に腰を浮かせてショーツが抜き取

られる。そして彼はその綺麗な顔を私の脚の間に沈み込ませた。

「――あ」

濡れた粘膜が私の陰部を覆った。

「や、ダメ、そんなとこ汚い……！」

私の非力な抵抗をものともせず、彼は湿り気を帯びたそこをぴちゃぴちゃと舐め始めた。

「あ、あ、あぁあぁああ………っ」

必死で彼の頭をどかそうとするが、彼は私の太股を抱きかかえたままびくともしなかった。そのまま舌を尖らせて花弁の中を行き来し始める。信じられないほど気持ちよくて、明らかに唾液だけではない量の水音が自分の間から響き始めていた。

「いい子だ。これでイっちまいな」

彼はそう呟くと、一番敏感な芽をじゅっと吸い上げる。

それだけで私の体は一気に飛ばされ、ビクビクと打ち震えながら急激に意識を失っていった。

◇

沙羅の体が弛緩したのを確認し、お湯で濡らして絞ったタオルを何本か持ってきて濡れた性器を拭いてやる。そのまま全身を清拭し、寝間着を着せて布団を掛け、寝息が静かになっていくのを確認して、武尊はシャワールームに入った。

熱いシャワーを浴びながら二回抜く。

ようやく落ち着いた後、身を清めて浴室を出た。

沙羅の穏やかな寝顔をもう一度確認し、ソファに身を沈み込ませる。そのまま天井を仰いで大きな溜息を吐いた。

泣きじゃくる沙羅の顔がまだ脳裏に浮かんでくる。

泣きじゃくった顔だけではない。キスを求める蕩けた顔も、快感に震えていた細い肩も。武尊の背中にしがみついた彼女の指の感覚が、まだ残っているような気すらした。

普段の、大人しくて控えめな彼女からは想像もできない淫靡さだった。

――いや、普段が清楚だからこそギャップの激しさに脳がバグったのか。

もちろん薬のせいだ。彼女が知らぬ内に飲まされた媚薬の類い。それが彼女をあんな風に変えたのだろう。もしかしたら彼女自身、そう言った薬に対して免疫がない分、過剰に反応してしまったのかもしれない。

武尊はロリコンではないし、女性に対してもそれなりに経験値はあるつもりだ。そうでなきゃこんな仕事はやっていられない。ハニトラなんてその辺に転がっていて、いちいち引っかかっていたら身が持たないからだ。

当然、沙羅より手慣れた、色気も手管もある女性から迫られたこともある。時には必要な情報を得るために応じることだってあった。

それでも頭の中冷静で、相応に楽しみこそすれ色欲に溺れたことはない筈だ。

それなのに――。

沙羅を抱いている時は、何度も理性が飛びそうになった。

その度に必死に霧散しようとする理性を呼び戻し、繋ぎ止め、暴走しないように自制した。そうしなければ彼女を無茶苦茶に抱き潰しそうだったからだ。

自分が情けない。こんなの愚の骨頂もいいところだ。

本来沙羅は男性恐怖症で、触れられるのはおろか、男と二人きりになるのもダメなはずだった。婚約者とキスさえしたことがないと言う。

しかし武尊は平気なのだと言っていた。武尊もそれなりに彼女が怯えないよう気を遣っていたつもりだし、彼女もこの非常事態で我慢している部分もあるのだろう。

けれど仕込まれた薬が彼女を変貌させた。

元来の彼女はそれほどまでに奔放なのだと言いたげに。

「発情抑制剤ってーと、合成黄体ホルモンとプロリゲストンあたりか……?」

口に出して確認する。今後のためにもできれば経口薬の方が携行しやすいが、当然市販しているものはない。キミカに頼んだ方が早いだろうか。いや、なんだかんだ言ってもキミカは表の人間だからあまり巻き込まない方がいい。とは言えアフターピルも必要かもしれない。絶対に使わずにすむようにするつもりだが、この仕事に百パーセントの安全はない。必要になった場合を考えると怒りで目が眩《くら》みそうになる。あんなしどけない姿を他の男に晒すような真似は絶対避けねばならない。

『お願い……もっと……』

武尊は頭をぶんぶん振ってベッドでの記憶を散らした。

とにかく必死に他のことを考えて沙羅の痴態から意識を逸らす。まだ調査は始まったばかりなのだ。ミスは許されない。

しかし顧客が富裕層の高級を謳っているクラブで、しょっぱなから薬を使う客がいたのは想定外だった。そのあたりの管理も含めての『高級』のはずだ。キャストの供給とて一定の条件がある以上簡単ではないのだし、顧客の年齢層が高い分、店内での薬の使用は他の客が嫌がる場合もある。何よりトラブルが起きれば、クラブの存続が危うくなる可能性だってあるのだ。

けれど裏を返せば、それだけ沙羅に強い吸引力があるということなのだろう。

実の叔父を騙せるほど、かなり変装はさせているが、彼女には人目を引く何かがある。いわゆる普通の女の子とは一線を画した雰囲気のようなものが。

汚れのないその上品な美しさが、男達の征服欲や嗜虐《しぎゃく》心を掻き立てるのだろう。真っ白な処女雪に、自分だけの足跡を付けたくなるような。

彼女に付けさせたＧＰＳや盗聴器等の器具で、ある程度のモニタリングは可能だが、危険が皆無とはやはり言えない。

あの会員制の店の中で犯されたら、そう思うと居ても立ってもいられなくなった。

それでもあの店の情報は必要だった。眼鏡やネックレスに取り付けた超小型カメラによる映像で、店の中の分析がかなり進んでいる。柱の位置や監視カメラの位置、恐らくは隠されているだろう、武器などの保管庫や重要書類をしまう金庫の類。あるいはデータ保存機器。おおまかな推測に頼る部分も多いとはいえ、あるとないとでは大違いである。

そしてあの店に出入りしている者達の顔。薄暗く、客同士の顔がわざと分かりにくいようにしているようだが、画像解析が不可能な程ではなかった。

武尊が調べているもうひとつの件の鍵が、あの店にある。

沙羅の潜入を今更中止するわけにはいかない。沙羅の父親の消息や辰宮への接近を考えても、計画を頓挫させることはできない。しかし沙羅にまた同じ危険を冒させるわけにもいかない。

どうにかして沙羅のリスクをもっと軽減させなければ。

武尊は染み出しそうになる私情を振り払い、新たな情報を分析すべく、ワークスペースに移動した。

◇

目が覚めた時、あれは夢かと思った。武尊に抱かれ、武尊に愛される夢。

なんて夢を見てしまったんだろうと、布団の中で身悶《もだ》えしそうになる。

けれど、次第にじわじわと現実が襲ってきた。

――え？　もしかして夢じゃない？

その意識に、沙羅の思考は一瞬止まる。生々しい感触が、体のあちこちに残っている。

「沙羅、起きたのか？」

声をかけられて、そおっと武尊の方を盗み見た。

いつもと変わらぬ、綺麗な顔の武尊がベッドの横に立っていた。彼は唐突に手を伸ばし、沙羅の額に当てる。

「熱はなさそうだな」

大きな手。繊細に動く長い指。

「あの………」

恐る恐る声を出す。

「昨日の夜……何かありましたか？」

沙羅の問いに、武尊は暫し無表情のまま沈黙した。

「何か覚えているか？」

反対に聞き返され、言葉を失う。覚えているような、いないような。

そもそも何と言って訊けばいい？　自分がいかに淫乱になって彼を求めたか、と？

――無理！　訊けっこない！

「あの、熱で朦朧としていたのは覚えているんですけど……」

おずおずとそれだけ言った。けれど武尊の目を見ることはできなかった。

「薬を飲まされたんだ。それで意識を失ってそのまま眠っていた。一応着替えだけは自分でさせたけどな。どこかおかしいところは？」

「いえ、大丈夫だと思います」

今の体調は落ち着いている。変な熱もなければ疼きもない。着替えた全く記憶もないが、武尊がそう言うのならそうなのだろう。

ということは、やはりあれは夢だったのだ。だとしてもなんて夢を見てしまったんだろう。

「すみません。武尊さんにベッドまで運んで貰っちゃったんですね」

「たいしたことじゃない。それよりかなり汗をかいていたし、とりあえずシャワーでも浴びてこいよ。それと水分を摂った方がいい。少しでも薬が残らないように流し出した方がいい」

「はい」

「その間に朝飯用意しとくから」

「ありがとうございます。そうさせて貰います」

素直に頷いて、着替えを持って浴室に駆け込んだ。あの変な夢のせいで、武尊の顔をまともに見られなかったのだ。

◇

浴室からシャワーの音が微かに響いてきて、ホッと安堵の息を吐く。

彼女はあれが夢だと思ったらしい。確かにかなり朦朧としていたから、記憶にも残りにくかったのかもしれない。それならそれで、そういうことにしてしまえばいい。彼女のためにも、自分のためにも。

武尊は改めてもう一度深い溜息を吐くと、温めたフライパンにベーコンと卵を放り込んだ。

◇

「いい匂い」

まだ湿った髪にタオルを巻き付けたままの沙羅が浴室から出てきた。その姿にチラリと視線を向けると「お行儀が悪くてごめんなさい」と微かに頬を染める。

沙羅の今までの日常では、髪が濡れたまま人前に出ることなどなかったのだろう。しかしこのワンルームの部屋ではそうもいかない。

「いつもとかわんねーけど」

武尊は言葉少なに答えた。ベビーリーフとミニトマトを添えたベーコンエッグ。トーストした食パン。あとは珈琲を淹れれば終わりである。

「うふふ」

沙羅は嬉しそうに笑った。武尊は片方の眉を上げて「なんだ？」という顔をする。

「その、初めて武尊さんがご飯を作ってくれた時も、ちょっと感動したんです。『あ、ご飯を作れる人なんだ』って」

「作れるっていうほどの範疇《はんちゅう》じゃねえけどな」

武尊からすればあまり凝った物は作っていない。

「それでも……私はあまり作ったことがなかったので」

「……ああ」

そういうことかと納得する。基本的に家事は家政婦がする家で育ったのだ。

「あんただってやろうと思えばできるけど？」

「本当ですか？」

沙羅の顔がぱあっと明るくなる。そんなことが嬉しいのかと、武尊はおかしくなった。一緒に生活し始めた頃は、思っても口に出す余裕すらなかったのだろう。もっとも未だに生きるか死ぬかの瀬戸際ではあるのだが。

「それより珈琲淹れてくれないか」

「はい」

沙羅に簡単な仕事を与えたのは、その方が精神的な安定が保てると判断したからだ。父親が珈琲好きだったから覚えた、と言うのを聞いて、試しにドリップさせたら本当に美味しかった。エスプレッソマシンもあるが、日によってはネルドリップを使う。その辺は武尊の趣味でもあった。

「どうぞ」

香りのいい珈琲を、武尊にはブラックで、沙羅自身にはカフェオレで用意し、二人で朝食を摂る。

「お店であまり食べないようにしていたから、お腹ペコペコです」

沙羅はそう言って美味しそうにトーストを千切って口に運ぶ。

「今日は……店を休むか？　昨日の夜から熱を出した、そう言えばいい」

武尊に訊かれ、沙羅はトーストを運ぶ手を止めた。

「実際熱は出してたし、初日から薬を飲ませる客がいる店なんてヤバすぎる」

「そう、かもしれませんけど……」

沙羅は迷う顔になった。昨日見たいやらしい夢が、自分を怯ませているのは確かだ。あんな症状が出た時にあの店の男達と一緒にいたら、どんなことになるか分からない。それは怖い。けれど父親のことと、あの店で食い物にされているかもしれない少女達のことを考えると、一日も早く真相を探り出して少女たちを解放させてやりたい気持ちも募る。

「いつ辰宮の叔父が来るか分かりませんし、……行きます」

怯えながらも逃げだそうとしない沙羅の顔を、武尊は覗き込む。

「いいのか？」

低い声がいつになく真剣に聞こえて、沙羅の胸がドキンと鳴った。

「つきましては、お願いがあるんですが……」

沙羅が躊躇いながら続けて言ったセリフに、武尊は眉尻を上げる。

「もっと闘い方を教えて欲しい？」

「闘い方、というか、その、体の鍛え方というか、ですね」

シャワーを浴びながら考えたことを、言葉をつかえさせながら告げる。

今まで武尊に習っていたのは、相手が近づいてきたら両手を前に押し出すとか、口を塞がれたら相手の小指を握って甲側に思い切り折る等、非力な沙羅でもできるその場凌ぎのものが多かった。しかし咄嗟の攻撃等を回避するには、それなりの筋力や反射神経が必要だろう。

「一朝一夕にできることではないと重々承知しているんですが、自分なりの応戦の仕方を、その、模索したいと言いますか、防御だけでなく攻撃も視野に入れて……」

ダメだ。言えば言うほど中学生みたいな青臭い言葉になっている。

「……つまり、ちゃんと闘えるように、強くなりたいってことか？」

真っ直ぐ見つめられながらそう言われて、思わず泣きそうになる。

——なんでこの人は私が一番言葉にしたかった思いが分かるんだろう。

「あの、できるだけお手間は取らせないようにします。その、やり方と言いますか、練習方法さえ教えて頂ければ……」

益々挙動不審な様子になる沙羅に、武尊はしばらく考え込んでいたが、やがて肩を竦めて微笑んだ。

「そうだな。生兵法もやばいが、やれるに越したことはない。少しずつやってみるか」

早速朝食後に軽く体を動かす手ほどきを受ける。最初にストレッチで体を伸ばし、一部緩め、武尊に教わった組み手の型を反復練習する。

元々体力もなければ筋力もなかったから、初めは五分やっただけで息が上がり、動けなくなった。腹筋や腕立て伏せは十回もできず、あちこち筋肉痛になり、店に出勤するのも辛くなる。

けれど少しでも強くなれるならと、歯を食いしばる。ただ怯えていたくはなかった。

「どうだ？　少しは怖くなくなりそうか？」

息を切らしている沙羅に武尊が尋ねる。

「……怖いけど……、大丈夫、です」

店に行く恐怖はまだ消えてないが、体を動かすことで少し頭がすっきりした気がする。

そんな沙羅に、武尊は頼もしそうに微笑んだ。

「……分かった。じゃあ、今日は俺も行く」

「え？」

「まあ、上手くいったら、だけどな」

武尊は片目を瞑って見せた。

◇

「今日からここで働いて貰うタケルだ」

オーナーである堂島から紹介を受けて、武尊は軽く頭を下げた。いつものド派手な格好ではなく、白いワイシャツに黒のズボンといういかにもウエイター的な格好である。長い金髪もきっちり後ろに撫で付け、首の後ろで括ってあった。こうしてみれば、武尊の姿は上品にさえ見える。

「櫻井君からの紹介でね。皆よろしくしてやってくれ」

そう言った途端、その場にいた少女達が一斉に武尊の周りに群がる。

「昨日入ったカリンちゃんのお兄さんて本当ですか⁉」

どうやら少女たちの間で、目立つ外見の「カリンの兄」情報がなんだかんだと出回っていたらしい。前の店でるるに一緒にいるのを見られて「誰？」と訊かれた時も、兄だと答えた。

「強いってどれくらい強いの⁉」

「なんでこのお店で働くって決めたんですか？　やっぱカリンちゃんが心配だから⁉」

人形のように無表情だった昨夜の営業中とは一転して無邪気に目を輝かせる少女達の問

いに、武尊はにっこり笑って一言だけ答えた。

「ナイショ」

唇に人差し指を当てた姿に、何故か「キャー――♡」と黄色い悲鳴があがる。その内の一人が、後ろの方で黙ってみていたカリンに近付いてきた。

「おにーさん、かっこいいね！　本当にカリンちゃんと血が繋がってるの？」

沙羅は引き攣った笑顔で答える。

「えーと、……半分だけ？」

櫻井達には腹違いということで通してある。カリンが正妻の娘、タケルが愛人の子、という設定だ。そうでないと二人の持つ雰囲気が違いすぎた。

「でも、危ない人だからあまり近寄らない方がいいと思う」

沙羅がそう言うと、話していた少女は一瞬目を大きく開け、その直後に笑い出した。

「やっだぁ、カリンちゃんてばブラコン？　お兄さんが女の子に囲まれるのが嫌なんだ」

「そんなんじゃなくて！」

「わっかるー！　あれだけイケメンのお兄さんがいたら私もなる！」

「だから……！」

「はいはい、せいぜい声をかけるのは隠れてやるから安心して？」

化粧っ気の薄い、いかにも学校では優等生のように見える少女達が、したたかにそう返す。沙羅は言葉を失って黙り込んだ。

武尊が危ない人間なのは本当だ。実際、堂島に採用してもらうために沙羅と共に店に来た武尊は、用心棒を兼ねたウエイターとして常勤していた男達と手合わせし、一人で三人を叩きのめした。その間約五分。息も切らさず涼しい顔をして立っている武尊を見て、やられたのは自分の部下なのに、堂島はヒュウと口笛を吹く。

武尊はだるそうに据わった目を向けると、「これでスタッフに不足が出たな」と口の端を上げた。そんな武尊を見て、堂島は面白そうに『まあいいだろう』と肩を竦める。それだけ武尊の強さは圧巻だった。

『但し外見を整えて言葉遣いも直せ。あくまでお前の立場はウエイターで、うちは会員制の高級秘密クラブだからな』

それが堂島の出した条件だ。しかし武尊はそれにも薄く笑って「任せろよ」と嘯《うそぶ》いた。

なるほど、暴力と強さだけが物を言う世界があるのだと、沙羅はしみじみ実感した。もっとも同行して部屋の隅にいた沙羅は、人を殴る鈍い衝撃音にずっと目と耳を塞いでいたから、見たのは床に転がって呻《うめ》く男達だけなのだが。

とはいえここでそんな彼の正体をばらすわけにはいかない。少女達を怖がらせても意味がないし、なにより武尊が同じ場所にいる安心感は大きかった。

――まあ、女の子相手なら武尊さん自身がうまく躱《かわ》すよね。

そう自分に言い聞かせて無理矢理納得したのであった。

◇

沙羅が正体を偽って、会員制秘密クラブである『Secret Garden』で働き始めてから六日が過ぎた。

初日に会えた辰宮叔父の再訪を期待したものの、そうそううまくことは運ばない。但し、武尊から薬の件を告げられて、件の客は立入禁止になったらしい。金持ちのバカ息子（と言っても四十代）が面白半分に仲間内で出回っていた違法ドラッグを使ったという。

しかしキャストは店の商品であり、客とはいえ勝手は許されないということだろう。

客がいない時間はタケルに群がることが多かった少女達も、客が入り始めればちゃんと猫を被る。その辺りも堂島の指導が徹底しているようだ。

とは言え待機室や衣装室で他の少女達の雑談に耳を澄ますと、やはりそれぞれに壁はあった。お互い腹の底を探り合うような、決して心の底は覗かせないような緊張感が、互いにある。ここにいるのは決して無邪気なばかりの少女たちではないのだと、沙羅は嫌でも痛感させられた。中には無口な沙羅同様余り喋らない少女もいる。その少女の目付きがあまりに虚ろで、沙羅は思わず「大丈夫？」と訊ねてしまったが、「何が？」と聞き返されるだけだった。

目の前で少女が壊れていくような感触に沙羅は焦燥《しょうそう》を覚えるが、ちらりと武尊の方に目をやると、彼は怖いほど冷静な目をしている。

何も気付いてないはずはないだろうが、それは肝心の目的は見失っていない証拠だった。

沙羅達が目的としているのは辰宮に接触して尻尾を掴むことで、この店の告発ではない。それでも沙羅は自分の非力が悔しかった。

そうこうして、武尊の入店から五日後、とうとう辰宮が姿を現す。

「カリンちゃん」

堂島に呼ばれて、沙羅は叔父の隣席に着いた。指名されたのはカリンだけで、夜景を望む大きな窓際のソファに二人きりで座る。さり気なく配置された柱や観葉植物が、他の客からの視界を遮っていた。武尊が他の従業員から聞いた話によると、この手の特別席はチャージ料が跳ね上がるらしい。もっとも店内で少女たちに手を出すことは建前として禁じられているので、隠しカメラでモニタリングされている。客が必要以上にキャストに近付いた時は、偶然を装って従業員である武尊達が声をかけるシステムだ。

それを知ってか知らずか、辰宮は沙羅と人一人分を置いて座っていた。

辰宮の手元を見て、沙羅は一瞬息をのみそうになる。

――おじさまがつけているカフスボタン、あれは……！

けれど必死で平静を保ってそこから目を逸らした。今ここにいるのは匡貴沙羅ではなくカリンだ。

テーブルには高級ウイスキーの入ったグラスが置かれている。もちろんこれもキャストであるカリンではなくウエイターが運んだものだ。少女たちはあくまで話し相手、という体だった。

　革張りのソファに深く腰掛け、足を組んで座った辰宮は、沙羅をまじまじと見つめると
「やはりよく似ているな……」と呟いた。

「どなたにですか？　おじさまの娘さん？」

　沙羅は無邪気さを装ってそう訊ねる。この店では客のことは先方からの指示がない限り
「おじさま」呼びをすることになっていた。

　辰宮は、心持ち声のトーンを上げて話す沙羅に、目を細める。

「姪だよ。沙羅といってね、とても美しい少女だったんだ。私と妻の間には子供ができなくてね、その分とても可愛がっていたんだが……」

　辰宮はそう答えると、悲しげに微笑んだ。そんな叔父を見ていると、彼が沙羅を罠に嵌めたことが信じられなくなりそうだった。叔父夫婦に子供がいないのは本当だった。その分、夫婦共に可愛がってくれたのも。

　沙羅は一瞬、混乱する。

　この口ぶりではまるで本当に沙羅の身を案じているかのようだ。

「過去形ですね。もういらっしゃらないの？」

　わざと無心を装って核心を突く問いに、辰宮は寂しげに微笑した。

「ああ。遠いところに行ってしまった」

「お気の毒なおじさま……」

同情の声を出すと、彼は嬉しそうに頬を緩める。

しかし辰宮はさり気なく沙羅の話題を逸らすと、そのまましばらく雑談に興じた。もっとも沙羅自身はぼろが出るとまずいので、辰宮になるべく喋らせて、「ええ」「いえ」程度の簡単な受け答えだけに留める。

その自己主張の少なさが却って辰宮にはミステリアスに映り、『カリン』に興味を抱かせた。

「そういえば店長に聞いたよ。私は君のお父さんに似ているって?」

「あ、はい。あの、雰囲気とか……とても優しい父で……」

「ご病気だそうだね」

「…………」

沙羅はわざと答えずに俯いた。しかし三秒経ってから顔を上げ、いかにも無理をした感じの笑顔を作ってみせる。

「でもおじさまの方が素敵です。スマートで上品だし」

カリンの静かな微笑みに、辰宮は何かを考え込む表情になった。

「もし良かったら、何がしかの援助をしようか?」

「え?」

「もちろん君さえ良ければだが……」

沙羅は素で目を大きく見開いてしまった。叔父はこんなに簡単に少女を囲うような男なのだろうか。それともカリンが沙羅に似ているから特別なのか。

辰宮の本意が読めず、戸惑いを浮かべて沙羅は声を絞り出す。

「でも……」

「なんだい？」

「おじさまとは会ったばかりなのに、そんなことして頂くわけにはいきません」

「ああ、そうだね。だが……こんな店に来ている私が言うのもなんだが、君のような少女がここで働くのは……その、可哀想な気がしてね」

辰宮は真剣な目を沙羅に向けてきた。

「もちろん、ここはお喋りを楽しむだけの店だ。しかし変な下心をもっている客がいないとも限らない。君が働くのがあくまでお金の為だけなら……私が助けてあげることもできると思うんだ」

急な展開に沙羅はどう答えてよいか分からない。これは好機なのだろうか。それにしたって急すぎる。それともこんな店では普通のことなのだろうか。つまりは、お気に入りの女の子に個人で援助を申し出るようなことが。

『沙羅ちゃん、ここは一旦保留して。もったい付けたほうがいい』

耳元のピアスからマニの指示が入り、沙羅は困ったような顔を向けて微笑んだ。

「でも、縁もゆかりもないおじさまにご迷惑かけるわけには……」

辛うじてそう逃げる。

「ああ、そうだね。だがなるべく前向きに考えて欲しい。私は君を助けてあげたいだけなんだ」

「……はい」

沙羅は再び辛うじて声を絞り出した。

「あの……」

「なんだい？」

「おじさまが私に親切にして下さるのは……姪御さんと私が似てるから？」

カリンとしてそれを訊くのはおかしくないだろう。そう判断して沙羅は訊ねた。辰宮は無表情になって五秒沈黙する。

「そうだね。それもある。沙羅がもし生きていて、金のためにこういう店で働いているとしたら……私にはとても耐えられないだろう」

意外なほどしっかりした声で辰宮は言った。

沙羅は一度落ち着くために俯いて顔を隠すと、深呼吸して顔を上げる。

そして無邪気なカリンの仮面を顔に貼り付けて「ありがとうございます、おじさま」と微笑んだ。

辰宮はまるで眩しい光を見たような顔をすると、「また来るよ」と店を後にした。

◇

　その日の帰宅時、クラブが入っているマンションが見えなくなってから、沙羅は車を運転している武尊に緊張した面持ちで話し始める。

「今日、叔父様がつけていたカフスボタン、父のものでした」

「あ？　マジか？　似てたとかじゃなく？」

「私が、父の誕生日に送ったものなんです。珍しい宝石《いし》があって……それが気に入って加工してもらったものなので、間違いありません。でも、あれは父が行方不明になった時に身に着けていたはずなんです」

　それがどういう意味になるのか。

「いろんな推測が成り立つが……一、辰宮があんたの親父さんから直接奪った。二、あんたの親父さんを確保している奴から渡された。どっちにしろ辰宮が親父さんの行方を知ってる可能性が高いな」

「そうだとして……どうして自分で身に着けてきたりしたんでしょう？　怪しまれる可能性が高いのに」

「……あんたが本当に沙羅じゃないのか、確かめたかったのかもしれん」

　それを聞いて沙羅は黙り込む。辰宮は何か気付いただろうか。自分は怪しまれるリアクションをとってしまっただろうか。

「私の正体がばれたと思いますか？」

今度は武尊が黙り込んだ。いろんな可能性について考えているのかもしれない。

「ばれてるかどうかは五分五分だと思うが……こうなると益々あんたの親父さんが生きている可能性は高いかもな」

「……どうしてそう思うんですか？」

「これは俺の勘だが……、辰宮は死者のものを身に着けられるほど度胸のあるタイプには見えない」

武尊にそう言われて沙羅はすんなり納得する。そういえば叔父は、落ちていた虫の死骸でさえ生理的嫌悪感を示す人だった。武尊の勘が当たっているように強く願う。

——お願い、お父様。どうか生きていて。

心の中でそう強く祈り続けていた。

◇

辰宮は沙羅に援助を申し出た日から、三日にあげず沙羅に会いに来るようになった。しかも援助の話も再三してくる。しかし沙羅のことを気付いた素振りは見せなかった。

「実際、沙羅の指名は増えてるからな。辰宮が焦るのも無理はない」

指名が増えて辰宮を焦らせることができているなら決して悪手にはならないはずだが、どこか不愉快そうに鼻を鳴らして武尊は言った。沙羅のリスクが増えることを懸念してい帰宅してからの武尊の指摘に沙羅は眉間に皺《しわ》を寄せる。喜ぶべきかどうかよく分からなかった。

武尊の言うとおり、沙羅は店で急速に指名が増えていた。沙羅自身はあまり演技らしい演技もしていないのだが、どうやら彼女自身に年上の男達を操る何かがあるらしい。店長である堂島は満足そうに、沙羅にシフトを増やせないか打診してくる。正直、胸中は複雑だった。

「あまり目立つのもどうかとは思うんですが」

「まあそれもあるが、今のところ辰宮はがっつり食いついてきている。正直予想以上にな。あとは堂島達との繋がりをうまく摑めるといいんだが」

「そうですよね」

武尊も裏でこっそり探ってはいるが、辰宮と堂島との繋がりは今のところただの行きつけの店の店長と客でしかない。

榆の木会との関係も同様だった。ホテルの支配人と客、それだけだ。できれば裏帳簿や二人の裏の繋がりを示す証拠が欲しかった。

武尊の見解としてはあの店に何かを隠してある線が濃厚である。櫻井の店では人の出入りが多すぎるし、客筋やスタッフ、キャストも雑多すぎる。その点、『Secret Garden』なら、客筋は摑めているしセキュリティも固い。

何より堂島が常駐していることからも、辰宮との、あるいは他の客との表に出せない極秘データ等を保存するには最適だろう。

「慎一郎おじさまの方から探ってみましょうか」

切り出した沙羅に、武尊は難しい顔をする。

「どうやって？」

「叔父は私と外で会いたがっています。だから一度応じて、その場で相談という形をとって泣きつくんです。堂島さんに秘密を握られて脅されている、とか」

「そうだな。悪くはない。だが……」

「なんですか？」

「お前にその演技ができるか？　二人きりとなると俺もどこまでフォローできるか」

尾行することは可能だろうが、辰宮を油断させるためにはそれなりの距離は取らなければならないだろう。

「それでも、何か動きが出るかもしれません」

意を決したような顔で沙羅は告げる。焦りは禁物だと分かってはいるが、父が消息不明になって既に一ヶ月近く経つ。事態が動かないとどうしても焦燥は募ってしまう。せめて生きているならそれを確かめたい。

「大丈夫なのか？」

武尊がそう訊くのは、沙羅が元々男性恐怖症であるからだろう。

実際、あの店でも沙羅に触れてこようとする客はいた。その度にぞわりと悪寒が走っているのも事実だ。

しかしそんなことも言っていられないというのが本音だった。

「もし身の危険を感じたら、あのペンで彼を刺します」

決して強がりではなくそう言った。持たされているタクティカルペンに相応の破壊力があるのは、武尊がレクチャーしてくれた時に実証済みである。敵として想定した枕は、中身の羽根や綿を飛び散らせてあっけなく無用の長物と化した。

それでも武尊は一抹の不安を拭い切れないのか、迷う顔をした。しかし沙羅は己を曲げなかった。

「それに……武尊さんといて、少しは強くなったのかもしれません。少しでも父の消息が摑めるなら……私は武尊さんを信じます」

実際、荒事や危険な状況も続けば少しは慣れてくる。店に来る男性客達が、表面上は紳士を装っているのも幸いだった。たとえ本性がけだものだったとしても。

なけなしの勇気を振り絞ってじっと彼を見つめると、武尊が苦い顔をした。多少のリスクがあったとしても、沙羅の決意は固いと悟ったのだろう。

「わかった。それじゃあ仕掛けてみるか。でも、少しでも危険を感じたらこの作戦は中止だ、いいな」

渋々といった様子で武尊が折れる。なんだかんだ言っても堂島と違って辰宮は一般人だ。実際、辰宮から攻める方が早いだろう。

「はい」

沙羅は覚悟を決めて頷いた。

◇

辰宮が店に再び姿を現した時、「二人きりで会いたい」と言うメモをソファの下の手の中に忍ばせた。言葉で告げれば店に筒抜けになって、堂島に「勝手なことをしないように」と止められる恐れがある。

実際、この店で働き始めて改めて感じたのだが、キャストである少女たちが一番恐れているのは堂島だった。彼の言うことを聞かなければ、どうなるか分からないという噂まであった。実際、堂島の意向に逆らった少女で行方不明になった子もいるらしい。

堂島は見た目は穏やかだが、瞳の底に得体の知れない闇があった。

沙羅が少し怯えたような流し目を送ると、辰宮は分かったというように頷いた。

◇

メモに書いた番号に辰宮が電話をかけてきたのは、沙羅が店を終えてタワーマンションを出た十一時過ぎだった。武尊が一緒に働くようになってから、彼の車で帰るようにしている。店はキャストが未成年ということもあって十一時で終わりなのだが、武尊のマンションがばれないよう、尾行がないか確かめながら毎回違うルートを通るので、その分時間がかかっていた。

『カリンちゃん？』

通話口の向こうで、辰宮が名乗りもせずにカリンの名を呼ぶ。沙羅は武尊にも会話の内容が聞こえるようにスピーカーマークをタップした。

「おじさま」

武尊が運転する車の助手席で、沙羅は『カリン』仕様の少し甘い声を出す。

『このメモをくれたということは、少しは君の特別な存在になったとうぬぼれていいのかな？』

辰宮の声も心なしか甘い。沙羅は背中に悪寒が走るのをじっと耐えた。

「他の誰にも、こんなことできません。あの……できたら、堂島さんに知られないようにおじさまとお会いしたいの」

沙羅は感情を込めて切々と訴える。

『もちろん僕は構わないが……君はいいのかい？』

堂島に知られたらただではすまないと、辰宮も知っているのだろう。

「おじさまにしかこんなこと言えない。私……本当は色々怖くて……。おじさまなら助けて下さるでしょう？」

沙羅の甘えを含んだ怯えた声は、辰宮の保護欲を掻き立てるのに充分だったようだ。

『もちろんだよ。いつなら会える？　昼間でもいいのかい？』

「昼間がいいです。兄にも知られたくないし……」

「ああ、そうだね」

心なしか、辰宮の声のトーンが上がる。隣の運転席から武尊が目くばせを送ってきた。

口調を変えろという指示だ。沙羅は小さく頷いて辰宮に話しかけた。

「おじさま……私を、守ってくれる？」

不意の敬語を取り払った物言いに、通話口の向こうでごくりと唾を飲み込む音がする。

『わかった。安全な場所を用意するから、明日また連絡するよ』

辰宮の甘い声に、沙羅は顔が強張りそうになるのを堪えて微笑んだ。

「場所は私に決めさせて下さい」

『え？　しかし……』

ホテルに連れ込まれたりするのを避けたるため事前に打ち合わせたとおりに言うと、辰宮は躊躇する声になる。

「大丈夫。誰にも知られない場所にしますから。……ダメですか？」

ここで渋るようなら無理強いはしないと、武尊と決めていた。まだ辰宮に覚悟がつかないようなら、堂島に情報が抜けてしまう可能性がある。

「ダメだと仰るなら、このお話はこれで終わりにしましょう」

沙羅は少し強気な声を出して辰宮に脅しをかける。助けてくれるのはあなたじゃなくてもいいのよ、そう思わせるように。

『……分かった。しかし私にも仕事がある。場所は都内。時間が取れるのはせいぜい一時間だと思ってほしい』

「分かりました。明日中に場所と時間を連絡します」

『分かったよ』

「きっと……来てくださる？」

更にダメ押しに少し甘えた声を出した。

『ああ、約束するよ。おやすみ、カリン』

「おやすみなさい、おじさま」

通話を切ってから、沙羅は大きな溜息を吐いた。名前が呼び捨てになったということは、彼から見た親密度が上がったのだろう。

ふと武尊の視線に気付き、慌てて「すみません」と謝る。

「何が？」

武尊の声に抑揚はない。

「自分からやると言っておいて溜息ついちゃったから」

「気が重いのは分かるさ。あんたがハニトラなんて柄じゃねえからな」

「ハニトラ？」

聞き慣れない単語に、沙羅はきょとんと聞き返す。

「あんたみたいなお嬢は知らないか。ハニートラップの略で色仕掛けのこった」

色仕掛けと聞いて絶句してしまう。しかし自分が今やろうとしていること、いや、既にやっていることはそういうことなのだ。

ハニートラップ。沙羅は自分の中で言葉を噛み砕く。

確かに向いてはいない。色仕掛けなんて、自分から一番遠いものだと思っていた。それでも今はそんなことは言っていられないが。

そもそも男性に対して免疫がなさ過ぎる。今回の潜入調査はそれが逆に功を奏した形になっているが、これからも上手くいくとは限らない。

「まあ、俺から見たらあの辰宮っておっさんはプライドは高そうだから、『カリン』に無理強いする可能性は低いと思うが」

「そう、ですか？」

今、沙羅はあらゆる男性を信じられなくなっている。それは叔父や北斗の裏切りによるものだが、そもそも経験値がないから男性を見る目には自信がなかった。

そんな沙羅の不安を払拭するように武尊が続ける。

「無理矢理泣かせて喜ぶ男は、力や権力を誇示したがるタイプだ。そういう奴は征服欲を満足させるために気の強い獲物を選ぶ。あのおっさんみたいに大人しいのが好きな奴は、甘やかすだけ甘やかして懐柔した上で、女に自らねだらせたがるのが多い。甘えさせてわざと卑猥《ひわい》な言葉を言わせたりやらせたり、な。相手が恥ずかしがるのを見て喜ぶ」

「はあ……」

武尊の洞察に、沙羅は目を丸くした。なるほど、そういうものなのか。

「もちろん、そうとばかりとは限らない。わざと弱い奴を泣かせて喜ぶ変態もいるしな」

それを聞いて沙羅の顔が不安に覆われる。

「とりあえず作戦を立てようぜ。場所と誘い方、それから一番大事な逃げ方もだ」

しかし顔を上げて「はい」ときっぱり答えた。

大丈夫。一人ではない。何があったとしてもきっと武尊が守ってくれる。

◇

「本当にこんなところで良かったのかい？」

辰宮は少し戸惑う声でそう言った。しかし沙羅は嬉しそうに微笑む。

「昔、父に連れてきて貰ったんです。まだ五歳くらいだったと思うんですが……。私、その時すごく嬉しくて……だからおじさまともぜひ来てみたかったの」

沙羅が『カリン』として辰宮を誘ったのは小さな遊園地だった。しかもさして広くはない。色とりどりにカラーリングされた観覧車が目立つだけで、あとは小さな動物公園が併設されている程度の規模だ。大きめの公園と言っても差し支えないだろう。

平日の昼間だからか、人も少ない。

「あ、でもおじさまには迷惑だったかしら……？」

小首を傾げて不安そうな顔をする沙羅に、辰宮は慌てて微笑んでみせる。

「そんなことはないよ。なかなか楽しそうだ」

そう言いながらも、私服のワンピースで来た沙羅と違って、スーツを着ている辰宮はいかにも仕事を抜け出してきた体だ。

「近所の小さい子連れの親子くらいしか来ないから、私と会っていてもおじさまの関係者に見られるようなこともないかなって」

一応、辰宮の立場を慮ったことも伝える。途端、彼は嬉しそうな顔になった。

「そうだね。カリンはいい子だね」

辰宮はすっかりカリンを呼び捨てするようになっていた。

「ねえ、あの観覧車に乗りましょう。二人っきりになれるわ」

沙羅が無邪気な顔で誘うと、辰宮は益々顔を綻ばせた。

チケットを買い、二人で観覧車に乗り込む。係員がドアを閉めると、おもむろに向かいあわせで座った辰宮が沙羅に手を伸ばしてきた。

白い手を握られそうになって、沙羅の体がびくんと震える。

「あの、ごめんなさい、違うの。私、元々男の人が苦手で……おじさまのことも嫌いなわけじゃないの……」

うつむきながらそう言うと、辰宮は慌てて自分の手を引く。

「いや、こちらこそすまなかった。君を怯えさせるつもりじゃあなかったんだ」

沙羅は意を決して座席から立ち上がると、辰宮の隣に腰掛ける。

「カリン？」

そして何も言わず、震える手を辰宮のそれに重ねた。

「でも、きっと……おじさまになら……大丈夫になると思うから……」

辿々しい言葉になったのは演技ばかりではなかった。沙羅は必死で恐怖を克服しようとしていた。手ぐらい平気。これで父の行方が分かるなら。父を救う鍵を拾えるなら。

「無理しなくていい。今はこれで十分だ」

辰宮が静かな声で言う。沙羅は俯いたまま涙を拭くふりをして、指輪に仕込んだスプレーで瞳を濡らした。そして潤ませた瞳で辰宮の顔を見上げる。

「私……堂島さんに脅されていて……」

「なにっ⁉」

「その『本当にお金が欲しいなら、お客様ともっと親密な行動をとれるように』って」

「いや、しかし！」

「おじさまも知ってらっしゃるんでしょう？　あのお店が女の子とのお喋りだけ提供してるわけじゃないって」

「！」

言葉を詰まらせている辰宮を見て、事実そうなんだと沙羅は確信する。もしかしたら辰宮自身も少女を買ったことがあるのかもしれない。

沙羅は重ねていた手をするりと離し、自分の膝に戻した。

「もちろん、私だって分かってるんです。そうするしかないんだって。でも、おじさまみたいな素敵な人ばかりじゃないから……」

沙羅の隣で、辰宮が呻くような声を出す。

「優しい方も多いけど、やっぱりいやらしい目で見てるんだなって分かる人もいて……そういうの、本当に怖くて仕方ないんだけど、でも、父のためにはお金が必要だから……私にできることはそれくらいしかないから……」

滔々《とうとう》と話しながら、沙羅の瞳は益々涙で溺れていく。

「それなら私が！　私がカリンの専用の客になれば！」

「無理なんです」

「なぜ！」

「兄が……堂島さんから借金しているみたいで……だから一人でも多くのお客様と付き合えって、私──」

タケルが堂島に借金をしているのは本当だった。金がなくてカリンを働かせる理由に信ぴょう性を持たせるためだ。

しかしそれを伝えた途端、がばりと抱きしめられた。背中に鳥肌が立ち、吐き気がこみ上げてきそうになるのを必死で堪える。

「ごめんなさい。おじ様はただのお客様の一人なのに、こんなことを言ってしまって……」

「大丈夫だ、カリン！　君のことは私が守ってあげる。他の男になんか指一本、髪の毛一筋も触らせるもんか！」

「でも堂島さんが……」

「あいつのことなら考えがある。私に任せなさい」

「でも今日のことがばれたら？　そう考えただけで怖くてたまらないの」

「心配しなくていい。君はしばらく店を休むんだ。風邪でも引いたことにすればいい」

「本当に……？」

「ああ。君を危ない目に遭わせようとする堂島の店には行かせられない。なんなら休んだ分の金を私が払ってもいい」

「おじさま……」

辰宮は抱きしめていた細い体をはがすと、沙羅の肩を持って強く見つめた。

「いや、それよりも私のホテルに――」

そう言いかけたところで観覧車のドアが開いた。

「お疲れ様でした！　こちらでお降りください」

係員ににこやかに言われ、我に返った辰宮はそのまま沙羅の肩を抱いて、観覧車から降りる。

しばらく二人で並んで歩き、出口ゲートまでたどり着いた。

「……カリン、考えたんだが、君はこのまま私と共に来た方がいい。家に連れていくわけにはいかないが、別荘でもホテルのスイートルームでも用意することは可能だ。君をこのまま帰したくないんだ。私と一緒に行こう」

真剣な目で告げられ、沙羅は一歩後退した。

「今すぐは無理です。急に私が消えたりしたら兄が黙っていないでしょうし」

「……そうか、そうだね」

それでも辰宮は未練がましい表情をしていた。沙羅は笑顔を取り繕って、ゲート脇の建物を指さす。

「あの、帰る前にお手洗いに寄ってきていいですか？」

「え？　ああ、もちろん」

「ちょっと行ってきます」

スカートをひらりと翻すと、沙羅は急ぎ足で女性トイレへと駆け込んだ。さっきから吐きそうになるのを必死に堪えていたので、個室に入って嘔吐する。自分で用意していたペットボトルの水で口の中を漱《すす》ぐと少しだけすっきりしたので、マニが密かに隠しておいてくれた紙袋を見つけて急いで着替えた。原色のTシャツと、ワンピースの中に穿いていたショートパンツ。ピンクの縁のサングラスとウイッグ付の帽子を被り、履いていたサンダルを脱いでスニーカーに履き替える。洗面所の鏡で外見が変わったのを確認すると、そのまま脱いだものを入れた大きなバッグを抱えてトイレから出た。腕時計を見ている辰宮の数メートル先を通り過ぎ、ゲートを出ると、武尊が待機していた車に乗り込む。

車が発進し、出口の先の交差点を曲がってからスマートフォンを取り出して辰宮にメッセージを送った。

『今日はありがとうございました。でもやはりおじさまを私のせいで、危険に巻き込んでいいかまだ分かりません。また少し落ち着いたら連絡しますね』

その文章は最初から決めてあったので抵抗なくするする打てる。打つだけ打って送信すると、沙羅はシートにもたれ掛かって大きく息を吐いた。

「お疲れさん。大丈夫か？」

「ええ。叔父様は間違いなく『カリン』に食いついていると思います」

それは二人の様子を盗聴しながら尾行していた武尊にも通じているはずだ。

「ああ。俺もそう思う。でも今聞いたのはお前のことだ。大丈夫か、沙羅？」

体がびくりと震えそうになるのを堪える。

「もちろんです。武尊さんだってずっと見てたでしょ？　肩を抱かれて手を握られたくらいで……元々、叔父とはそれくらいのスキンシップはありましたから」

まだ叔父を信頼していた頃、ほんの数回程度だが。

「それでも、最後にトイレで吐いてたろ」

図星を指されて硬直する。せめてそこは気付かないふりをして欲しかった。嘔吐する音を聞かれていたなんて、恥ずかしさで顔から火が出そうだ。

「あの、えーっと、それはその……」

気持ち悪さはずっとあった。叔父が未成年であるはずの『カリン』に、まるで本当に恋でもしているかのように振る舞うのが。親子と言ってもおかしくない歳の差なのに。もっともそれ以上の歳の差を好む男性が多いことは、あの店で散々思い知ったのだが。

「面目ないです……」

小声で呟くと、武尊は「そんなことねえさ」と前を見たまま言った。

そのままマンションに戻るまで二人は無言で過ごし、部屋に入ってからようやく視線を交わす。

「あの、シャワーを浴びて着替えちゃっていいでしょうか」

「ああ、もちろん」

「失礼します」

ぺこりと頭を下げてから浴室に向かい、脱衣所兼洗面所でメイクを落とす。行儀悪く着ていたものを床に脱ぎ捨て、沙羅は頭から思いきりシャワーを浴びた。その勢いで体中をゴシゴシ擦り出す。叔父に触られた部分が気持ち悪かった。肩も、背中も、手の甲も。全ての感触を落としたくて、皮膚が赤くなるまで擦ったが、それでも感触は消えなかった。

——情けない。

沙羅は唇を噛み締める。

触れられたと言ったってまだ序の口なのに、これっぽっちで吐きそうになる自分が悔しかった。自分の弱さが忌々しい。まだほんの短期間とはいえ、体を鍛えることで少しは強くなっていたつもりでいたのに、これでは全然だ。どうしてもっと強くなれないんだろう。

(私がもっと強ければお父様を危険な目に遭わせずに済んだかもしれない。仮に同じ事が起きたとしてももっと上手く立ち回って助け出すために動けたかも……)

しかし実際の自分は弱くて、武尊やマニの助けがなければ何もできないでいる。ようやく自分なりにできることがあったと思ったのに、こんなに簡単に挫けそうになっているのが情けなくて、自分への怒りで目眩がしそうだった。

(もっと強くならなきゃ。――武尊さんみたいに)

いきなり格闘技が強くなるのは無理だろう。しかし男性に対する免疫をなんとかもっと高めることができれば、あるいは――。

そこまで考えたところで、シャワーの音に混ざって脱衣所のドアがノックされる音がした。

「おい、大丈夫か？」

沙羅があまりに長い時間シャワーを浴びているので、心配になったらしい。武尊が遠慮がちに声をかけてくる。

「すみません、大丈夫です。もう出ます」

沙羅は声を張って答えると、シャワーのコックレバーを下げてお湯を止めた。

5．覚悟のアップデート

　辰宮と会ったその日は、彼を焦らす意味もあって元から休みを入れていたが、翌日からはきちんと出た。

　出勤は夕方からだから、その前の時間を念入りに筋トレ等に充てる。辰宮にトラップを仕掛け、父の消息が分かる日が近いかもしれないと思うと、じっとしていられなかったのだ。武尊が外出していたので人目も気にせず黙々と体を動かした。

　密会した翌日も辰宮は顔を出したが、沙羅は目が合った時に軽く会釈するに留める。「堂島さんに怪しまれないように指名はしないで」と辰宮にもメッセージを送ってあった。

「カリンちゃん、どうしたの？　なんか今日、動きがぎこちないよ？」

　店の常連である禿頭の松下という男が、興味ありげに指摘する。

「変な運動とかしてないよね？」

　少し下品な笑みを浮かべたが、沙羅に意味は通じず、寧ろ筋トレを思い出して焦り笑いを浮かべた。

「あの、もうすぐ球技大会があるんですけど、私、運動が苦手だからクラスメートから特訓受けちゃって」

「ああ、球技大会かあ！　懐かしいなあ！　え？　カリンちゃん、何に出るの？」

思いの外、話が盛り上がる。運動が苦手で特訓されたのは実話だ。沙羅は自分の高校時代を思い出しながら、ほぼ脚色なしで喋った。すると松下は学生時代が懐かしいのか、部活で活躍した話をし始めた。沙羅は安心して聞き役に回る。

店に勤め始めた武尊曰く、沙羅の人気が高いのは聞き上手というのもあるらしい。まっすぐ相手を見ながら、絶妙のタイミングで相槌を打つのが上手いのだそうだ。沙羅自身はあまり意識していなかったが、その辺りは父親との会話で培われたものかもしれない。

松下が帰る時に見送りに出ると、微妙な表情で視線を送る辰宮と目が合った。

沙羅は再度微笑んで会釈したが、彼はふと視線を逸らす。妬いているのかもしれない。

沙羅は気付かぬふりをして他の客の席に回った。


帰宅後、シャワーを浴びてからスマートフォンの通知を見ると、辰宮からのメッセージが何通も続いていた。

『大丈夫かい？　今日の客に何もされていないか？　カリンは無防備な部分があるから心配だ』

『一昨日の件、忘れてないよ。カリンを守れるのは私だけだ』

『決して他の客に気を許さないように。おやすみ、カリン』

「煽られてんなあ！」

沙羅にメッセージ画面を見せられて、武尊はおかしそうに笑う。

「確かにここまでカリンに入れ込むなんて、凄いですね」

しかし沙羅からしたら気持ち悪い方が先に立つ。沙羅はスマートフォンを操作しながら
『大丈夫です。心配して下さって嬉しい。おやすみなさい』と当たり障りのないメッセージを打って画面を閉じた。

「叔父は動くでしょうか？」

「たぶんな」

自信がありそうな武尊の笑みに、沙羅は小さく安堵する。大丈夫。間違ってはいない。

「それより、沙羅……」

「はい？」

「ちょっと来な」

「え？」

二の腕を取られてベッドの方へ引っ張られる。

「あの、武尊さん？」

そのまま無言で抱き上げられ、ベッドの上にうつ伏せに寝かされた。そして沙羅の背中に大きな手の平を当てる。

「あ、あの……！」

「いーからちょっと黙ってろ」

「え」

そのまま武尊の指がゆっくりと背中をさすり出す。

「筋肉痛、かなり痛いんだろ」

「え……と、はい」

「店でかなり変な動きになってたからな。他の客や従業員も面白そうに見てた」

「すみません、今日付いたお客様には球技大会の影響だと伝えたんですけど……」

「腕、そのまま顔の下に敷いて、しばらく黙ってろ」

「はい……」

小声で答えると、武尊の手がゆっくりと肩から背中にかけてマッサージを始める。強張っていた筋肉がほぐれていき、かなり心地よかった。

「ちょっとだけ、足も触るぞ」

「は、はい！」

武尊の手は器用に臀部を避け、太股やふくらはぎの痛みもほぐしていく。

「起き上がっていいぜ。で、腕出しな」

言われるがまま腕を差し出したら、沙羅の細い腕を武尊は肩に近い二の腕からゆっくりと揉み始めた。

起き上がってしまえば目のやり場がなく、囚われたように、自分の腕を揉む武尊の手に見入ってしまう。なんとなく体が火照っているような気がして恥ずかしかった。

「さあ、これでどうだ」

手の平と指先までマッサージし終わった武尊が「ん？」と顔を覗き込んでくる。

「あ、ありがとうございます！　すごく楽になりました！」

至近距離で目が合って、なぜかドギマギして声が裏返りそうになる。しかし武尊は沙羅のそんな不審な動きにも全く気付かぬ様子で、「早く寝ろよ」と立ち上がって背を向けた。

「おやすみなさい」

小声で呟いて、沙羅はさっと布団を被って体を丸める。

動悸《どうき》が鎮まらないのを、武尊に知られたくはなかった。

◇

「いいぜ、かかってきな」

翌朝も武尊にけしかけられ、沙羅は迷いながらも突進する。危険に陥った場合を想定して変装用のスカート姿だった。

当然ながら、あっという間に躱された。指一本ふれることもできない。

「そんな猪突猛進に突っ込んできたって勝てるわけないだろ？　少しはここを使わなきゃ」

とんとんと人差し指で頭を叩いてみせる武尊に、つんのめって床に倒れ込んだ沙羅はどうしてよいか分からない。

「気概だけじゃ勝てねえよ。分かってんだろ？」

武尊の言う通りだ。しかし武尊に隙はないし、沙羅自身隙を見切れるスキルもない。

「そもそも目を瞑って突進してくるのは論外だ。相手から絶対目は逸らすな。それから相手に攻撃するのを躊躇わない。あんたはまだ『人を傷付けたくない』って気持ちが強いんだろうが……迷ってたら自分がやられるぜ？」

「……」

肯定も否定もできず、沙羅は黙り込む。

しかし武尊が言っていることはもっともだった。自分に今必要なのは、闘おうとする意志だ。弱いままでいたくないと思ったばかりではないか。

「最初に教えたよな？　やられそうになったら迷わずに相手の急所を狙え。急所はどこだ？」

問われて沙羅は武尊に最初に教わったことを繰り返す。

「目、喉元、みぞおちと……股間」

「そうだ。特に男相手の場合、的がでかい方が当てやすい。迷わず相手のみぞおちを狙うか股ぐらを蹴り上げないとな」

「……はい」

「やってみな」

武尊はニヤニヤ笑いながら、無防備にだらんと両手を脇に垂らした。

沙羅は立ち上がって何度か深呼吸すると、目を閉じないよう武尊に視線を向けたまま一歩踏み込む。彼の長い両足の間に蹴りを入れようとした瞬間、簡単に足首を取られて背後に倒れ込んだ。そのまま覆い被さられて、上半身を右手で押さえつけられる。

それでも目を瞑らないよう必死で耐え、腰を捻って膝で武尊の股間を蹴りつけようとした。

すんでのところで足も左手で押さえられ、武尊の顔がぐーっと近付いてきた事で間近で睨み合うことになり、二人の間に緊張が走る。

武尊の目は怖くて、でも引き込まれそうな危うさがあった。


——呑まれちゃいけない。


必死で抵抗しようとした途端、ドアがガチャリと開く音がした。

「ぐっもーにーん！　おっはー……って、あれ？　お邪魔だった？」

脳天気な声を上げながら部屋に入ってきたマニは、床に組み伏せられ、スカートがめくれ上がって曝《さら》け出された沙羅の太股に釘付けになりながら言った。

ここのところあまりに頻繁に呼び出されるマニは、必要に迫られ、最近合鍵を渡され網膜認証を登録してある。食料も三日おきくらいに届けられていたが、沙羅に勧められることもあって一緒に食べることも多かった。すっかり半同居人と化している。

「でも初心者相手に床は可哀想だと思うんだけど、武尊そういうプレイ好きだっけ？　無理矢理的な？」

「アホ！　そんなんじゃねえよ！　沙羅に喧嘩《けんか》の仕方教えてただけだ！　っていうか沙羅の足見てんじゃねえ！」

「へいへい、ヤってるって言ってたね、そう言えば」

「言い方！」

　ダイニングテーブルに買い込んだ朝食の袋を置きながら、マニは楽しそうに言った。武尊に助け起こされ、沙羅は慌ててぱたぱたスカートを払う。

「あの、珈琲淹れますね！　いつものでいいですか？」

「うん、ありがとー！」

　沙羅に返事をしながら、マニは買ってきたデリサンドをテーブルに並べた。

「今日は早いじゃねーか」

　武尊もダイニングチェアに座って、バケットチキンサンドのパッケージを剝き始める。

「ごめんねー。ちょっと面白いネタを仕入れたから、早く耳に入れとこうかなーと。いやでもあと五分遅くくればよかったか」

「いらん気を遣うんじゃねえよ。それよりネタってなんだ？」

「んー？　武尊の依頼とは別件で仕入れたんだけどさあ」

マニも手元のクロワッサンの卵サンドをとってムシャムシャ食べながら話し出す。

「いやー、実はさ、他にこぼれ情報がないかと思って元『楡の木会』にいた子達を追っかけてみたんだ。入ってはみたものの思ってたのと違うからすぐ辞めちゃう子とかも多そうだと思って」

「あー。ありそだな」

「でしょ？　で、自分の従姉妹もアイドル目指しててーみたいな話で釣ったら結構話してくれたんだけど、それをまとめてみたのがこれ」

マニはダボダボの上着のポケットからスマートフォンを取り出して、音声ファイルを開く。

『え？　ナニ？　録音すんの？　あたしの名前とか出ないよねぇ⁉』

いきなり流れ出したのは、若そうな女の声だった。

『だぁいじょうぶ！　絶対悪いようにはしないし！　ただ知っていることを聞きたいだけだから！』

続いて流れるのはいつも通りに軽いマニの口調である。

『約束だよ⁉　ぜったいあたしから聞いたって言わないでね？　ばれたらマジヤバいんだから！』

『オケオケ！　じゃあ誰にもばれないようにあだ名で呼ぼうか？　なんにする？　え？　ぴーちゃん？　おっけー！　じゃあさっきの話ね。ぴーちゃんがバイトしてたって言う楡の木会の、更に上の店に行ったんだよね？』

『そうそう、『Secret Garden』てさぁ、かなり高級そうな会員制のクラブってゆうの？あ、でも元々行ったのはあたしじゃなくてぇ、妹のゆかこだったの。あ、本名まずいんだっけ。じゃあゆっぴにしとくね。ゆっぴもさ、お洒落道具とかお洋服とか欲しかったけど、うち、親父があれじゃん？　ＤＶ？　育児放棄？　で、自分たちで稼ぐしかなくてぇ、だから誘われるままついてったんだよね、あの櫻井ってのに。そしたらそこ、とんでもなくてぇ、ゆっぴ、泣きついてきてさ。おねーちゃん代わりに行ってって。ほら、うちら顔そっくりじゃん？　向こうもうちらが双子って知らなかったし……ついでに弱みとか探れたらいっかなって、でもさー、思った以上に鉄壁ってゆうかー』

少女のとりとめのない喋りは続く。どうやら誰かに話したくて仕方なかったのだろう。目の前で聞いているはずのマニは、彼女が喋りやすいように軽い相槌を打つ声だけがたまに入っていた。

『でもさ、たまたま？　本っ当に偶然だったんだけど、堂島さんが電話で話してるのを聞いちゃって。あいつヤバいよ。女の子達の中でもウチらみたいに心配するオヤとかいない子を使って色々させようとしてる。ウリだけじゃなくて……たぶん、クスリの密売とか……』

最後の方が消え入りそうな声になっていたのは、だんだん怖くなってきたからだろう。しばらく力づけるマニの声が入っていた。マニはどうやら彼女にお金を渡したらしい。

『本当にヤバいと思ったらここに連絡して。かくまってくれるから』

更にメモか何かを渡した気配がして音声データの再生は終わった。

しばらく三人の間に沈黙が流れる。

初めに口火を切ったのは沙羅だった。

「かくまってくれそうなとこ、マニさん、ご存じなんですか？」

「ああ。行き先のない女の子達を保護してるＮＰＯ法人がある。メンバーに弁護士とかもいるし、リーダーは信用できる人だよ」

「そうですか」

マニの顔の広さに驚きつつも、沙羅は安心して小さく息を吐いた。

「しかしこれでますますあの店がヤバいのが分かってきたな。こうなると客もただの金持ちロリコンばっかかとは限らない可能性がある」

「え？」

「橋田会の取引客、あるいは獲物候補ってことだ」

◇

丹田を意識して力を込める。

武尊に教わった通り、足を斜め前後に開き、軽く腰を落とし、両手を捻りながら交互に突く練習を繰り返す。どうやら武尊は昔空手を習っていたらしい。

当の武尊はマニと出かけてまだ帰ってこない。だだっ広いワンフロアの一番広い空間で、沙羅は無心に正面に向かって突きを繰り出していた。

左右交互に百回ずつ突いた後、今度は蹴りの練習を始める。

見本で見せて貰った武尊の突きや蹴りに比べれば、幼稚園のお遊戯に近いような代物だったが、それでも何もしないよりはマシだった。

何より、何もせずにじっとしていると、嫌なことばかり考えてしまう。

こんな風に犯罪に巻き込まれるまで、自分が格闘技の練習をするなんて想像したこともなかった。しかし今考えればそれも甘えだったと思う。守られていたから必要がなかっただけで、弱いままでいていいことなんかない。怖いものがあるなら、それを克服するためにも己を鍛える方法があったはずだ。

柄にもないことをしているとは思う。元々の沙羅を知る人間が見たらびっくりするだろう。

だけど今は関係ない。弱いままでいたくはない。せめて〝闘う〟という気概だけでも持てるようになること。それが沙羅にとっても最優先事項となっていた。

——ただ。

沙羅の肌の上を滑っていった大きな手。心地よい刺激と温かさ。

武尊がしてくれるマッサージには未だ慣れない。決して嫌なわけではなく、寧ろかなり苦痛が軽減されるし気持ちいいのだが、それ以上に動悸が止まらなくなるのが問題だった。

それがなぜかなんて、今は考えないようにしている。考え始めてしまうと、自分を見失ってしまいそうな気がしたからだ。

――お父様、どうかご無事で。もう少し、あともう少しで助けにいきます。

今、考えるべきは叔父の正体を摑んで、父を助け出すことだけだった。

◇

一通りのトレーニングをこなし、汗だくになった体をシャワーで洗い流すと、沙羅は出勤の準備を始めた。『カリン』としての衣装と変装と備品の装着。

初めはマニにやって貰っていたが、今は自分でできるようになった。

眉尻は少し下げ気味にして、弱気な雰囲気を作る。最後に口元にほくろを施すと、鏡の中に『カリン』ができあがる。

鏡の中で笑顔を作ってみる。無邪気な笑顔。相手の気持ちを窺うような笑顔。少し甘えを含んだ笑い方。これらもすべて武尊やマニに特訓を受けたものだ。

鏡に映る仮の顔に問う。今まで沙羅は自分が受け身だったように思う。武尊やマニが助けてくれる。そう思っていた。

今でも信じてはいる。あくまで成り行きと金銭的な繫がりだとしても、彼らが――武尊が沙羅のことを見捨てることはないと、心のどこかで無条件に信じている。

それでも、一人で闘わざるを得ない時はくるかもしれない。

――自分で闘うんだ。

気弱に見える『カリン』の目に、闘志の炎が小さく煌めく。

新たな闘志を仮面の下に隠して、沙羅は武尊のマンションを後にした。

◇

「どうしたの？　今日のカリンちゃん、少し雰囲気が違う気がする」

そう言いだしたのは、週に一度くらい訪れる、比較的若い御倉井《みくらい》という客だった。まだ三十代に手が届くかどうかの彼は、売れっ子の小説家らしい。大学時代にデビューし、ヒットを何本も飛ばしている。この店には取材と称していたのだが、週一ペースで訪れては気前よく呑んでいた。初めは沙羅もいつも通り敬語で接客していたのだが、彼の希望もあって普通に話している。御倉井は少女達を愛でるというより、こんな状況にいる彼女たちを興味深く観察対象にしているようだった。

「そうですか？」

「うん、なんて言うか、いつもより明るいかも」

「……えっと、お兄ちゃんがお休みだからかな」

沙羅は困ったように苦笑して見せた。

「え？　タケルさん、休みなの？」

ウエイターとして入った武尊は、その目立つ外見も相まって、客からも覚えられていた。沙羅の兄であることは特に喧伝しなかったはずだが、いつの間にか知れ渡っているのはどうやら少女たちの水面下情報網らしい。しかしそれが図らずも人気者になってしまった沙羅を、取り合おうとする客への牽制になっていた。とはいえ武尊は毎日入っているわけでもない。

「えーっと、風邪、って言う名前の二日酔い？　堂島さんには内緒にしてくださいね？」

沙羅は眉を八の字にすると、ひそひそ声になって客の耳元に唇を寄せる。

「ああ、なるほど。で、カリンちゃんの方は鬼の居ぬ間にってやつかぁ。意外だなあ。カリンちゃんてお兄さんにべったりかと思ってた」

「えー？　そんな風に見えてたんだ。もちろん強いひとだから頼りにはなるんだけど……ちょっと一緒にいるとたまに怖いっていうか……」

沙羅が再び苦笑してみせると、一緒の席にいたキャストの少女が共犯者の笑みを浮かべる。

「あーわかる。タケルさん、たまに目付きとか怖いよね。底が知れないっていうか、まあ、そこがかっこよくもあるんだけど」

「あー、やっぱゆりりんもタケルさんのファンかぁ！」

作家が目を覆うと「そんなことないよぉ」と少女は笑いながら言い繕う。

「でもさ、カリンちゃんとタケルさんて半分しか血が繋がってないんでしょ？　そういうのも美味しいシチュエーションだよね」

卓上のスナックを摘まみながら、御倉井はあっさり雰囲気を切り替える。

「美味しい？」

沙羅は素できょとんとした。

「そうそう。禁断の関係とか。ないの？」

ニヤリと笑う青年作家に、沙羅は慌てたように顔の前で手を振る。

「な、ないですよ、そんな！」

「えーー、あっやしいなー。顔、真っ赤になってるよぉ」

「それは先生が変なこと言うから！」

沙羅は慌てて否定するが、キャストの少女は面白がって乗ってきた。

「え？　なになに？　センセー、そういうの好きなの？」

「当然でしょ。でなきゃ耽美小説なんて書いてませんて」

若く明るいこの客は、キャスト達からも受けがよいので、比較的静かに呑むテーブルが多い中、賑やかな方だった。

沙羅がふと視線を感じて振り返ると、別のテーブルに着いていた辰宮が苦々しい顔をしている。

「こっわ。あの人ってカリンちゃんにご執心だよねえ」

さすが作家の勘なのか、観察眼が鋭い。

「嬉しいんですけど……別の意味でちょっと怖いかな」

声を潜めて苦笑する沙羅に、作家は「ふうん？」と面白そうな顔をした。

「えっと……亡くなった？　姪御さんに私が似てるんですって」

「うわ、それこそ禁断の、じゃねえの。あっぶなー」

「センセー、そこは萌えないんだ」

「うーん、俺の耽美センサーには引っかからないかな」

性癖にも色々あるらしい。

「とにかくカリンちゃん、あの手のタイプには気をつけて。かなりねちっこそうだ」

「はい。何かあったら先生に相談してもいいですか？」

沙羅は小首を傾げて訊いてみる。これも辰宮の挑発になると知った上での演技だ。

作家はそんな沙羅の顔を興味深い様子で見つめると「小説のネタにしていいならね」と面白そうに呟いた。

◇

休みと見せかけて、武尊はタワーマンションの傍の道路に車を停めて、沙羅のペンダントに仕込んだ盗聴器で、店の様子を窺っている。
沙羅は変わった。
会ったばかりの頃は弱々しさばかりが目に付いたのに、少しずつしたたかになってい
る。父親を助けたい一心もあるのだろうが、それだけではない気もする。元々彼女の中に
あった芯の強さが、この追い込まれた状況になって表れたような。
それがいいことなのかどうかは分からない。何もなく、ただ守られるだけの人生だって
あったはずだからだ。
闘う意志があるということは、傷付くことを辞さないということでもある。彼女に傷付
いて欲しくはなかった。できれば彼女が無意識に持つ、あの無垢で清浄な空気を壊して欲
しくはなかった。
――いや、傷付く彼女を俺自身が見たくないだけか。
くだらない感傷を自覚して武尊は自嘲する。
誰だって多かれ少なかれ、傷を負って生きているのだ。傷のない人間なんているはずが
ない。
そろそろ店の閉店時間が近づいていることを察して、武尊はマンションのエントランス
を凝視していた。間もなく沙羅が出てくる時間だ。
しかしその前に辰宮の車が地下の駐車場から出て、敷地の傍に停車していた。

あれだけ煽られて、沙羅と二人きりで話したくなったのだろう。

武尊の車は、エントランスの死角に停めてあるので、辰宮の視界には入らないはずだ。停めてあった車の中から辰宮が出てきた。と、同時に沙羅もマンションから出てくる。

辰宮は車から降りると沙羅に走り寄っていた。

武尊はイヤホンに耳を澄ます。

「カリン！」

「おじさま……！」

カリンの変装をした沙羅は、驚いた顔をして一歩後じさった。

「大丈夫かい？　あれからなかなか君の指名が取れなくてね。今日、一緒にいた若造に、何もされなかったかい？」

「大丈夫です。一緒に他の子もいたの、おじさまも見てたでしょう？」

「それはそうだが……」

「変なおじさま。何もあるわけないじゃないですか」

軽くいなす沙羅に、辰宮は違和感をおぼえたらしい。

「もしや……あの若造の方が良くなったのか？」

遠目に、沙羅がじっと辰宮を見据えているのが見える。

「だって……おじさま、堂島さんをなんとかしてくださるって仰ったのに……何もしてくださらないんだもの」

わざと唇を尖らせて見せた。

「それは……、そう簡単にはいかないんだ。分かるだろう?」

「おじさまだって分かってらっしゃるんでしょう? 堂島さんのところに借用書や契約書がある限り、私は籠の中の鳥でしかないんです」

「それは……しかし……」

珍しく強気な沙羅の口調に、辰宮は言葉を濁してしまう。

そんな辰宮に、沙羅は一歩近付いて、彼の頬に口付けた。

「でも……本当に頼りにしているのはおじさまだけだから……」

頬を擽るような声で囁く。

「私を、助けてくださるのよね?」

ひたと見つめられ、辰宮は「ああ」と熱に浮かされたような声で答えた。

「そうしたら私……おじさまの……」

そこまで言って、沙羅は身を引いた。

「もうお帰りになって。こんなところを誰かに見られたら、私もおじさまも危ない目に遭うかもしれないわ」

彼女を引き留めようとした辰宮の腕は、数センチのところでするりと躱される。沙羅は辰宮に向かって邪気のない笑みを浮かべて見せた。

「じゃあおやすみなさい、おじさま」

「あ、ああ……」

辰宮は呆けた顔になって、その場に立ち尽くしていた。

◇

エントランスからの死角になっている植え込みの先まで来て、沙羅は武尊の待っていた車に乗り込む。

「大丈夫か？」

シナリオにはなかった大胆な行動をした沙羅は「ふう」と大きな溜息をつくと助手席の背にもたれた。そんな彼女を苦い顔をした武尊が心配そうに見つめる。

「うまくできてましたか？」

前を向いたまま沙羅が尋ねる。

「ああ。沙羅があそこまでやるとは思わなかったが、ばっちり熱くなってたな」

「なら良かったです。そろそろ叔父にも動いて貰わないと」

「ああ」

武尊が店を休んだのはわざとで、沙羅につけいる隙を作るためだった。

「にしても変わったな」

「え？」

「前は何かする度に吐きそうな顔をしていたが」

男性恐怖症なのにもかかわらず、ハニトラを仕掛けているのだから当然と言えば当然だった。しかし今日の沙羅は何かが違った。

「いいかげん慣れないと、と思って」

そう答える沙羅の顔が少し気まずそうになる。男に媚《こ》びる演技に慣れるのは、本意ではないだろう。

「悪くねえよ」

「え？」

武尊が漏らした呟きに、沙羅は驚いたように彼を見つめた。

「闘おうとしているあんたの顔も悪くないって言ったんだ」

その言葉に、沙羅の頬がさっと紅潮する。しかし無言のまま、また前を向いてしまった。

武尊は小さく苦笑すると、シフトレバーをドライブにいれて車を発進させる。

走り出した車の中で、二人の間に沈黙が横たわる。しかしマンションの駐車場に着いて車から降りる時、沙羅は虫の鳴くような小さな声で「ありがとう」と囁いた。

◇

互いにシャワーを浴びてから、次の作戦会議に入る。珈琲を淹れ、いつものダイニングテーブルの、直角の位置に互いの顔が見えるように座った。

辰宮という敵の牙城の一角は崩れつつある。できれば堂島との繋がりもしっかり引き出しておきたい。

「とは言え焦らすのもそろそろ限界だと思うんです」

「まあなあ」

いくらプライドが高くても、我慢にも限界があるだろう。それに元々は親戚なのだ。いくら変装していようが、長引かせれば長引かせるだけリスクが上がる。

「だから私自身をアップデートしないと」

「あ？」

沙羅が何を言い出したのか、よく分からず武尊は変な顔になる。

「武尊さんにお願いがあります」

「沙羅？」

沙羅の覚悟を決めた表情に、武尊の中に嫌な予感が走った。

「私を、抱いてくれませんか？」

予想もしなかった沙羅の言葉に、武尊は数秒沈黙する。いや、予想してなくもなかったかもしれない。ただ考えたくなくて気付かないふりをしていただけで。

「……ちょっと待て」

辛うじて出たのは、少し情けない言葉だった。

「俺が？　お前を？」

人差し指と親指を動かして自分と沙羅を交互にさす。

「はい。武尊さんが、私を」

「どっからそんな話になった？」

「そろそろ次の段階に入らなくてはいけません。それにはあんな風に殆ど触れさせず焦らすだけでは足りないでしょう。でも私には肝心のスキルがない。だから、その辺を武尊さんに教えていただければって」

「あーー…………」

答えながら武尊は頭を抱えてしまった。

沙羅の言うことは分からなくはない。辰宮を完全に落とすために自分が餌になろうと言うのだ。

しかしそこまでして辰宮を誘惑したら、さすがにリスクは跳ね上がる。もし万が一際どい所までいってしまったら――。いくら血が繋がらないとは言え初めての相手が叔父だなんて、心の傷が深くなるのは目に見えている。そんな傷が残るような最後の一線を、決して超えさせたくはなかった。

どれだけ耳で知識を得たとしても、処女にベッドでのハニトラはきつい。ましてや触れられるだけで吐きそうになる沙羅が、辰宮のような男をコントロールできるとは思えない。せめて一度だけでも経験があれば、精神的に余裕ができる可能性はある。もしくは実地で男の扱い方を教えられれば？

けれどリスクを避けさせるためにもなるとはいえ――。

「沙羅、お前、自分が言っていることの意味が分かってるのか？」

父親を助け、叔父の陰謀を暴くために、武尊のような素性も知れぬ男に抱かれようというのか。

「無茶なお願いをしているのは分かっています。でもこんなことを頼めるのは武尊さんしかいません」

沙羅の瞳の中には決意が宿っていた。それでも、もう一度確かめずにはいられなかった。

「本気で言ってるのか？」

脅すつもりでわざと冷たく見えるように目を細めた。怖がって思い直して欲しい。けれど沙羅は引かなかった。

二人の間にピリピリとした緊張感が走っている。沙羅は腰かけていた椅子から立ち上がって言った。

「本気、です。私を抱いてください」

武尊は無表情のまま、長すぎる前髪を無造作に払う。そして椅子から立ち上がり、たった一歩で至近距離に来ると、顔を包み込むように上向かせておもむろに唇を重ねた。

そのまま深く獰猛な口付けが落とされる。口中を存分に舐め、容赦なく舌を吸い、相手を食らいつくそうとするようなキスだった。

「んっ、んん……っ」

沙羅の唇の端からどちらのものか分からない唾液が一筋零れる。

それでも沙羅は逃げなかった。されるがままに彼に口の中を犯される。唾液が絡み合い、何度もいやらしい音を立てる。

ようやく唇を開放された時には、沙羅の息は上がり、目は潤んでしまっていた。そんな彼女を、武尊は脅すように冷静な目で見下ろしている。

「……セックスとなったら、こんなんじゃすまねえぞ？」

逃げてくれと思いながら放った言葉に、沙羅は微かな恐怖を浮かばせた。しかし彼女はそれを押し殺して言った。

「あなたじゃなきゃ、だめなの」

店で見せるような演技とは違う、挑むような目で武尊と向かい合う。その瞳に、武尊は一瞬呑まれた。

「……上等だ」

彼の唇の端が僅かに上がる。

武尊は無言で沙羅を立たせて抱き上げると、部屋の隅にある大きなベッドの上に沙羅を運んだ。横たえられた沙羅が、熱く潤ませた瞳を向けて武尊を見つめてくる。

その目を見るだけで、たとえどんな正当な理由があろうが、それが沙羅自身が望んだことだったとしても、彼女を、他の誰にも触れさせたくないと強く願ってしまう。

いっそこのままこの腕の中に閉じ込めてしまえれば——。

願いがかなわないことはわかっていた。けれどせめてこの行為が彼女自身を守ることになるならば。

逃げられないのは武尊自身だった。

◇

ベッドに仰向けに下ろされた。武尊の方が後からシャワーを浴びたから、長い金髪がまだ湿っている。じっと見下ろされて、沙羅の動悸はまた速まっていた。

怖くないと言えば嘘だ。怖いに決まっている。だけど好きでもない男に最初に触れられるくらいなら……。

そう思った時、武尊の顔が浮かんでしまったのだ。

——これって、好きってこと？

初めてそう考えた時、激しく狼狽えた。助けられて好きになるなんて、単純すぎるんじゃないだろうか。武尊からしたら迷惑以外のなにものでもないだろう。

それでもずっと男性恐怖症で、婚約者の北斗とキスさえできなかった自分が誰かに抱かれることを想定した時、それは武尊しかいなかった。

異様に強くて、時に野生の獣のように危険で、それなのに時折とても優しい顔をする。

それがクライアントに対するものでもいい。営業用のフェイクだって構わない。沙羅自身の今抱いている感情が、吊り橋効果やなんらかの勘違いでもどうでも良かった。

「そんな顔、すんじゃねえよ」

不意に柔らかい笑顔で言われて、沙羅は動揺する。

やめて欲しい。あくまで義理で、仕方なく抱いて欲しい。そうでないと、沙羅自身が勘違いしそうになる。本当に好きなんだと思い込んでしまう。

「バーカ、泣きそうになってんぞ?」

武尊の手が沙羅の額に伸び、前髪を掻き上げて撫でてくれる。

「武尊さん、私……」

「し」

人差し指で唇を柔らかく押さえられる。

「いいか?　体は心で騙せる」

「え?」

武尊が何を言おうとしているのか良く分からない。

「沙羅、お前は男に対する恐怖を捨てたいんだよな?　そうして、父親を陥れた男を騙す胆力と精神的な余裕が欲しい」

「はい……」

武尊が言うことは間違っていない。それだけではないけれど、それは口が裂けても言えなかった。

「俺を使って経験値を稼ぐことで、それが得られると思っている」

「……はい」

武尊の手は優しく沙羅の額や頭を撫で続ける。

「じゃあ、嘘でもいいから俺のこと、好きって言ってみな」

「え？」

何を言い出すのだろう。まさか武尊に感じているほのかな感情がばれているのだろうか。彼は鋭い。そして沙羅自身はお世辞にも嘘が上手とはいえなかった。

心臓がバクバクと早鐘を打ち始める。それでも必死で平静を装った。

そんな沙羅に、武尊は淡々とした口調で説明する。

「言ったろ。心で体は騙せる。お前が……沙羅が、俺のことを好きだと、嘘でも思い込もうとすれば、それだけで体の反応が良くなる」

「そう、なんですか？」

武尊が言うことは、詭弁《きべん》のようにも聞こえるし説得力があるようにも思えた。しかし武尊は沙羅の問いには答えず、言葉を続けた。

「俺だって、お前をレイプまがいの無理強いで抱きたくなんかねえし」

「あ……」

言われてみればその通りだ。たとえなんとも思ってない女だとしても、どうせ抱くなら好かれていると思った方がまだ気が楽だろう。

沙羅は目を閉じて三つ数える。思い切る時間が必要だった。

「分かりました」

震えないように、しっかりした声で答える。

「わた、私は、――武尊さんが好きです」

そう言っただけで顔がかーっと赤くなるのが分かった。恥ずかしさに目眩がしそうだった。

これは嘘、あくまで建前、そう何度も自分に言い聞かせなくてはならなかった。

それでも頬が熱いのは変わらない。

そおっと目を開けて武尊の顔を窺うと、信じられないほど優しい笑顔で沙羅を見ていた。

「ああ、知っている」

潜めた声がぞくぞくするほど色っぽかった。

「俺も、沙羅が好きだ」

そう言われた途端、目尻から涙が急に流れ落ちる。

嘘なのに。ちゃんとそう分かっているのに。彼に好きだと言われただけで、こんなに胸が熱くなるなんて。

「ごめ……なさい」

「なんで謝るんだよ」

「だって……」

泣くつもりなんてなかったのに。本当に、ただ経験値を上げるためのセックスを教えて貰おうとしただけなのに。

「バーカ」

武尊は笑いながら沙羅の頬に口付け、涙の跡を拭ってくれる。

「……大丈夫そうか？」

そうして沙羅の目を覗き込むと、いとおしむように言った。

「はい、あの……」

沙羅は何度も頭の中で繰り返す。これは嘘。お互いに分かっている嘘。

「好き、武尊さんが好き——」

じっと見つめ返すと、武尊は何故か「くそっ」と一瞬視線を外し、もう一度沙羅を見つめて唇を重ねた。今度はそっと、柔らかく押しつけてくる。

しかしその感触は、初めてキスされた時のことを思い出させた。

——嫌じゃない。やっぱり武尊さんなら大丈夫だ——。

優しいキスの感触で、沙羅は一気に安堵を覚える。

寧ろ、懐かしささえあった。彼に触れられることがこんなに気持ちいいなんて。

彼の首に腕を巻き付ける。いとおしかった。嘘でもいい。今だけのことだって構わない。当初の意図も目的も砕け散って、本能だけが剝き出しになる。

こんなんじゃ足りない。

武尊が、欲しかった。

◇

「好き、武尊さんが好き――」

そう言われた途端、脳が沸騰した。いきなりぶち込みたくなる衝動を必死で押さえる。彼女にとっては初めての体験になるのだ。トラウマになるようなことは避けなくてはならない。

「くそ……っ」

短く毒づいてから、唇を重ねた。さっきのとは違い、怖がらせないように、そっと、優しく。

沙羅は積極的に、武尊の首に腕を巻き付けてくる。何度も押しつけ合う内に、自然と唇が開いて舌が触れ合う。それでも彼女は怯まなかった。

むしろ積極的に求めてくる。

男性恐怖症だったなんて、信じられないほどだった。唾液が銀糸を引いて唇が離れると、体中の冷静さをかき集めて「キスは大丈夫そうだな」と呟く。

とろんとした目で、沙羅は小さく頷いた。

「服、脱がすぞ」

短く言って、武尊は沙羅がパジャマ代わりに来ていたTシャツを脱がした。飾り気のないブラと、上向いた胸の形が見える。さすがに下着姿は恥ずかしかったのか、彼女は視線を逸らした。

「男が欲情しやすいのはまず首筋」

そう言って、武尊は彼女の細い首筋をつつつと指でなぞった。沙羅の体がビクンと小さく跳ねる。

「それから鎖骨」

浮き上がった鎖骨の線にも指を滑らせる。それでも沙羅はじっと耐えていた。中心から外側に撫でることで、ブラの肩紐《ひも》がずれる。

「胸元」

鎖骨の中心に戻り、指が胸の谷間に落ちると、沙羅は目を瞑り、体を強張らせた。

「——怖いか？」

問われて「……少し」と声を震わせる。

こんなしどけない姿、あの辰宮が見たら理性をかなぐり捨てるだろう。一瞬湧いた激しい殺意を、武尊は頭の中から追い出した。

「俺を見るんだ」

平坦な声で言うと、沙羅はおずおずと閉じていた瞼を上げる。

「武尊、さん……」

潤んだ目で見つめられて、武尊は彼女の唇にキスを落とした。宥《なだ》めるように。恥ずかしさより快感が勝るように。

手の平を合わせて指を絡ませ、しっかり握り合う。

「指や手にも性感帯が多い。例えばこう……」

武尊は沙羅の手を持ち上げると、白い指先に口付ける。

「あ……」

明らかに感じた声だ。そのまま指先を口に含んでしゃぶった。ほんのりピンク色だった頬が、更に紅潮していく。

「やってみな」

武尊は自分の指先を彼女の口元に差し出した。

沙羅は一瞬躊躇したが、すぐに自分がさっきされたように、太い指先を口に含んでしゃぶり始めた。更に指先を押し込むと、武尊は少し余裕のない声で彼女を褒めた。

濡れた指先を、沙羅の白い肌とブラの間に差し込む。そのままアンダーに沿って背中に回すと、自然に沙羅の体が少し浮く形になった。指先でホックを器用に外す。拠り所をなくしたブラが肌から浮き上がり、あっさり体から離れた。

沙羅は胸を覆いたくなるのを必死で堪えているようだ。武尊の指先はまだ彼女の唾液でてらてらと光っていた。

「自分が、どこが一番感じるかも覚えておくんだ。――まずはここ」

「ひゃっ」

乳首をきゅっと摘まむと、甘い声が上がる。

「右と左、どっちがいい？」

交互に指先で弄ってやると、沙羅は混乱した顔で言った。

「わ、わかりませんっ」

「落ち着いて、頭で考えずに感じたままを言ってみな」

促されると、彼女は素直に目を閉じて必死で快感の感度を追っていた。

「ひだり、かな……」

「ああ、そんな感じだな」

武尊の面白がるような声に、沙羅はからかわれているのではないかと思ったのか、目を開けて怒ったような顔をする。しかし武尊が必死な顔をしているのに気付くと、沙羅の怒りはすっと消えていった。

「胸、揉むぞ」

宣言してから、武尊は大きな手で胸を包み込んだ。沙羅はほんのりはにかんだ顔になる。

「これは大丈夫そうか？」

「はい。……気持ちいいです」

途端、沙羅の胸を覆っていた手に力が入ってしまう。

「……ったく、男の煽り方なんてどこで覚えたんだよ」

忌々しげな呟きに「そんなんじゃ」と言いかけられ、慌てて「悪い、分かってる」と返すと、彼女は小さく吹きだした。

「武尊さん、可愛い」

思わず口を突いて出てしまったらしい言葉に、武尊は苦虫を噛み潰した顔になる。沙羅はまだくすくす笑っていた。

「でも本当です。武尊さんの手、大きくてあったかくて、凄く気持ちいいの」

「……ああ。なら良かった」

「もう一回、キス、いいですか？」

「ああ……」

お互いの呼吸を確かめ合うようなキスを交わした。

「武尊さんも脱いで……」

彼女の声は完全にリラックスしている。武尊は請われるまま自分が着ていたものを脱ぎ捨てた。

◇

間にある服が邪魔に感じる。彼の重みを素肌で感じたかった。

沙羅に言われ、武尊は上半身を起こすと着ていたシャツを脱ぎ捨てた。引き締まった胸筋や割れた腹筋が目の前に現れて、沙羅は思わずうっとりと見とれてしまう。

——なんて綺麗な人なんだろう。

沙羅の視線に気付き、武尊はおかしそうに笑った。

「続きをするぞ」

「はい」

再び武尊の手は沙羅の体のあちこちを愛撫し始めた。

その度にどこが一番感じるか聞かれる。けれど沙羅はもう気付いていた。

——私が辰宮の叔父や他の男とそんな風になったとしても、冷静に対処できるようにしてくれているのだ。

そう思うと彼の優しさが嬉しくて切ない。いっそ無理矢理抱いてくれてもいいのに、と詮ない想いさえ湧き上がる。しかしそんなことを言えるはずもない。

沙羅は自分の体の感度を確かめながら、同時に武尊の感触を体に刻みつけようとした。その指先や手の平、唇の感触を。

「腰、浮かせな」

「え？」

聞き返した時にはあっさり腰を持ち上げられ、穿いていた最後のショーツを脱がされる。これで沙羅は一糸纏わぬ姿になる。少しずつ慣らされていたとはいえ、やはり全裸は恥ずかしい。しかしそれを求めたのは沙羅自身だった。

武尊はさんざん撫でていた太股を持ち上げ、大きく足を開かせる。逆らいはしなかったが、やはり怖くて目を瞑ってしまう。

「分かるか？　ここ濡れてるの」

指摘されて、沙羅は初めて自分の脚の間が潤っていることに気付いた。恥ずかしさに消えてしまいたくなる。

「わたし、ちゃんと合ってますか？」

テストの解答を訊くような言い方になったのは、ひとえに沙羅が慣れていないからだった。自分の体の反応に、頭が追いついていかない。

「感じてる証拠だから合ってんだろ」

武尊の嬉しそうな声に軽く安堵する。しかし恥ずかしさは消えなかった。

「あの、あまり見ないで……」

恥ずかしさのあまりついそんな言葉が出てしまった沙羅の願いはあっさりと無視される。武尊は沙羅の脚の間に頭を沈めた。

ぴちゃ、ぴちゃ……。

予想もしなかった武尊の動きに、沙羅は完全にパニックに陥る。

「や、ダメ、そんなとこきたな……っ」

しかし暴れようとする沙羅の体は、武尊の太い腕でしっかりと固定され、全く動かなかった。

細く尖らせた舌が、襞の間で動き回る。なぜかその快感を知っている気がした。なぜ？　ふと浮かんだ疑問符は快楽に流される。

「や、ほたかさ、ダメ……ぁあっ」

上部の突起が探り出され、強く吸われると、何かが体の中で爆ぜたような感覚が起こって沙羅は一気に昇りつめた。

息だけが荒く吐き出され、むき出しの胸も大きく上下している。

「イったか……？」

口元を拭いながら、武尊は呟いた。沙羅はピクピクと体を震わせて、返事すらできない。武尊は体を起こし、沙羅の顔を覗き込んだ。

「どうする？　ここでやめておくか？」

恐らくは、最後の決断を沙羅に迫る。今ならやめられる。ここまででも充分な効果はあったはずだ。彼の瞳は沙羅にそう告げていた。

沙羅は目尻から幾筋も落ちる涙を拭うこともできないまま、武尊を見つめて言った。

「やめちゃ、いやです」

辿々しい子供のような声。恐怖は今でもある。けれどやめたくはなかった。

「言ったじゃないですか。心で体は騙せるって。お願い。私を好きだと嘘をついて」

武尊の無表情な顔からは、どんな感情も読み取れない。もちろん迷惑なのだろう。こんな面倒くさい処女の相手など。だけど他の男に最初に抱かれるのだけは我慢できなかった。

「好きなの。あなたが好き……」

これが嘘に聞こえますようにと祈る。本当の気持ちだとばれませんように。

「お願いです。やめないで」

暫し見つめ合う。先に視線を逸らしたのは武尊だった。

「ちょっと待ってろ」

それだけ言うと、ごそごそと避妊具を取り出して装着する。

「痛みに我慢できなかったら、俺の体を噛んでいいから」

そうして沙羅の蜜口に指を当て、軽く抜き差しする。思ったよりスムーズに動いていた。それだけ濡れているのかもしれない。そう思うと羞恥心で耳が赤くなった。

「大丈夫そうだな。入れるぞ」

「はい」

覚悟を決めて答えた直後、熱い固まりが押し入ってくる。痛みと苦しさを必死で耐えた。

「沙羅」

武尊が呼ぶ声がする。彼の顔を見上げて泣きそうになった。こんな声、まるで愛されているみたいではないか。

「沙羅」

名を呼びながら、沙羅の内側に武尊がミチミチと押し入っていた。必死で彼の首に縋り付く。

「好き、武尊さん、好き……っ」

掠れる声で繰り返した。その度に、沙羅の中にいる武尊が大きくなる気がする。

「あ、あぁああ……っ」

ずりゅ、ずりゅっと擦り上げられて、悲鳴ともつかない声が漏れた。悲しいとも違う涙が流れて止まらなくなる。

何度も穿たれながら、沙羅は喪失の痛みを知った。

◇

「あ、あぁあん……っ」

武尊の挿入は一度では済まなかった。体を裏返され、後ろからも覆い被さられる。

痛みと別の感覚が少しずつ湧き上がっては体に染み込んでいく。

「も、だめ、ほたかさぁん……っ」

叫ぶ度に彼が深く押し込まれる気がした。理性はとっくにかなぐり捨てている。

「沙羅、沙羅……っ」

求められる声に体中の肌が歓喜しているようだった。再び繋がったまま体を仰向けに返された。そのまま上体を起こされ、抱きしめられる。

目が合う度にキスが繰り返された。何度でもひとつになりたかった。

「ほたか、さ……」

抱き合い、一ミリの隙間もなくくっつきあって、ようやく眠りについたのは部屋に朝陽が差し込む頃だった。

6. ラストミッション

体を覆っていたアッパーシーツの中で、自分に巻き付いていた長い腕をそっと外すと、沙羅は物音を立てないようにベッドから抜け出て浴室にかけこんだ。

昨夜は疲れ果てるまで抱き合っていたから、汗だくのまま眠ってしまった。正直、歩くとまだ足の付け根が痛い。歩き方が変になりそうで、思わず赤面してしまう。

熱いシャワーの飛沫を浴びながら、丁寧に体を洗った。

あんなに激しかったのに、それでも武尊は跡を付けないように気を遣ってくれたらしい。摑まれていた二の腕に唯一薄く跡が残っていたが、すぐに消えるだろう。

武尊に抱かれて――、沙羅の中に不思議な覚悟ができていた。

怖くない。あんなに見知らぬ男性全般が怖かったのに、今は不思議なほど怖くなかった。もちろんいやらしい目で見てくる男性に嫌悪感は湧くが、怯えて蹲《うずくま》ることはないだろう。自分の中に武尊という芯ができたみたいだ。

恐らく数日中に、辰宮に仕掛けることになる。カリンを餌に、情報を引き出すために。あの男に触れられると思うと鳥肌が立ちそうになる。これればかりは仕方がない。しかし演技はできるだろう。そうでなくては、武尊に申し訳なさ過ぎる。

　彼に抱かれている間、沙羅はどうしようもなく幸せだった。痛みや苦しさでさえ、歓びに変換出来た。それは相手が武尊だったからだ。

　――優しかったな。

　そう感じる自分がいて赤面する。傍《はた》から見ていた第三者がいたとしたら、あの獣じみた激しさではとてもそうは見えなかっただろう。

　けれど抱き合い、ひとつになる過程で、沙羅は彼の優しさを感じていた。それはさりげない息づかいや指の動きに現れ、決して沙羅を怖がらせることなく昇りつめさせてくれた。

　もしこの後、自分がどんな境遇になったとしても、沙羅は昨夜のことを後悔しないだろう。むしろ幸せな記憶として永遠に記憶に刻み込むだろう。

　湯を止めて髪の毛を後ろに払う。浴室の鏡に、女になった自分が映っていた。いつもの地味な顔。それでも何かが変わっていた。

　できれば彼の跡を付けて欲しかったと思うが、そう望むわけにはいかない。

　あれは一夜の夢。沙羅が自ら望んで与えて貰った幻の類。

　しかしその効果は絶大だった。

　沙羅は武尊に抱かれることで、自分の中に凶暴な牙が生えたことを強く自覚した。

◇

自分の腕の中から沙羅がそっと出ていくのを、武尊は眠ったふりでやりすごす。ベッドから下りる気配。そのまま小走りで浴室の扉を開け閉めする音。やがて静かな水音が聞こえてくる。

そこでようやく切れ上がった瞳を開く。

歩き方がかなりぎこちなかった。

あんなに激しく抱き合ったのだから、まだ痛みや感触は残っているだろう。残っていて欲しいと願ってしまう己を自嘲する。

沙羅が武尊に抱かれることを望んだのは、あくまで辰宮を落として奴の悪事を暴くためだ。更に父親の行方を明らかにするためでもある。

そしてこれは武尊の推測だが、沙羅が成り行きで勤めたあの店もどうにかしたいという思いもあったかもしれない。

もちろん建前通り、少女達とお喋りするだけの店ならそこまで目をつり上げることはない。しかし少女達を使って売春やクスリの売買をしているとなれば話は別だ。あの少女達が搾取されることに、沙羅は強い忌避感を表していた。当局の摘発も叶えば、彼女は喜ぶに違いない。

実際あの店に乗り込むことで、武尊自身かなり危ない情報を入手していた。もちろん沙羅には言っていない。彼女には関係のないことだからだ。そちらはあくまで武尊のもうひとつの仕事に繋がっていた。上手くすればかなりの成果を上げられるだろう。

『——深入りするなよ？』

沙羅を手元に預かった時、仕事仲間に言われた言葉が耳の奥に蘇る。

そのつもりだった。しかしこれは既に十分に深入りしていると言えるだろう。

あんなにか弱く儚げだった娘が、いつの間にか己を鍛えだし、あまつさえ武尊のような男に挑むような目を向けてきた。

『私を、抱いてください』

そう言った時の沙羅の覚悟を秘めた瞳は、それまでの寄る辺なさを払拭させるほど強い意志に満ちていた。茶化して冗談にするのを怯むほどに。

逃げられない。そう思ってしまった。

これは愛とか恋とか、そんな甘い感情ではない。彼女が闘うために、武尊が持ちうる武器を差し出すための儀式のようだった。

彼女の快感を導き出し、コントロールする術を教える。その上で、女の肉体である意味を全て刻み込んだ。あとは沙羅がそれをどう使いこなすかだ。

とは言え——。

あの涙も、震える声も、苦悩と快感の狭間に生まれた表情も、すべて武尊ものだった。

武尊の瞳にだけ焼き付いた、唯一の沙羅の姿だった。

◇

「ようやく私の気持ちに応えてくれる気になったんだね。嬉しいよ」

沙羅の背中に手を回し、連れてこられたのは、店とは別の高級マンションの一室だった。匡貴グループの支配人ともなれば、業界ではそれなりに顔も知られているから、下手なところには泊まれないだろう。恐らくは、辰宮が妻や従業員に隠れて使うために用意した部屋だと知れる。沙羅は出勤ではないので普通の私服だった。白いブラウスにプリーツスカートというでたちだ。

「おじさまを……信じていいんですよね？」

沙羅が不安そうに小首を傾げて見上げると、辰宮は得意そうに微笑んだ。

「君に言ったとおり、これから近くのレストランで堂島と会うことになっている。その時、君をあらゆるものから解放することを約束させる。そうすれば君は自由だ。お父さんのことも任せてくれていい」

つまりカリンを自由にする権利とありもしないタケルの借用書を、まとめて買い上げるということだ。

「それまでどんな危険があるか分からないからね。君は安全なここでゆっくりしていて欲しい」

辰宮は必要以上に沙羅に近付いて囁いた。

「ここは安全なんですね？」

不安そうな少女の顔は嗜虐者の情欲を誘う。

「もちろんだとも。それが済めば君は名実共に自由だよ」

「嬉しい」

初めて微笑んだ沙羅の頬に、辰宮は唇を寄せてキスをする。沙羅は平気な振りをしてそれを受けた。

そのまま唇が沙羅のそれに近付こうとするのを、白い手で遮る。

「それ以上は……夜、おじさまが帰ってらしてからにしましょう。私も気持ちの準備をしておきますから」

頬を赤らめて言うと、辰宮は残念そうな顔を引っ込める。

「夜だね？」

『夜』の一言に力を込める。

沙羅も「ええ、夜に」と言外に意味を含ませた。

辰宮が部屋を出ていくと、沙羅は室内にカメラなどがないかを持ち込んだ小型の発見機でチェックする。よもや沙羅の行動を監視されているとは思いたくないが、可能性は捨てきれない。

一番奥の寝室には大きなダブルベッドがあり目を背けたくなった。ここで、以前あの店で買った少女を抱いたのかも知れないと思うと、怒りと気持ち悪さで目眩がする。

「大丈夫そうです。念のためベッドやソファにも武器を隠しました」

ピアスとネックレスに仕込んだ通信機で武尊に報告した。衣類を脱がされることがあれば装備は手元に残せない。そのための措置だ。

『わかった。堂島が店を出たのも確認したから、俺はこれから店の中を探る。予定通りにいくかは分からないが、くれぐれも気をつけて』

「はい。武尊さんも」

短い通話を終えて、沙羅は広いリビングの真ん中にあるソファに座り込んだ。

沙羅達が勤め始めてからも、堂島が長時間店を空けたことはほぼない。その分ガードも堅い。だからこそ辰宮に堂島を呼び出させた。その間に武尊が店の中を探る予定だった。

既に様々な仕込みはできている。

マニが掴んできた情報では、辰宮は他にも隠れ家をいくつか用意していて、その内のひとつに動きがあるらしい。曰く、誰かを監禁している様子があると。沙羅の父親がそこにいる可能性があった。

海外にいたはずの父親がどうやって日本に連れて来られたのかは分からないが、無事ならそれに勝ることはない。

沙羅は辰宮が戻るまでの時間を逆算し、時間を無駄にしまいと他の部屋を探り始めた。

◇

辰宮がマンションを出たのを確認し、留守番していた従業員の意識を一人ずつ催眠スプレーで奪い、用意していた合鍵で普段は決して入れない堂島の部屋を開いた。当然トラップも仕掛けられているが解除番号も入手済みだ。

これは武尊の本業の調査でもあったが、終わり次第沙羅の元に駆けつけるつもりだった。彼女を辰宮の餌食にさせるつもりは毛頭ない。手に入れたと思い込み、鼻の下を伸ばして油断している辰宮を潜んでいた武尊が襲い、匡貴敬吾の居場所を吐かせる。だから一刻も早く情報を入手して沙羅の元に行かねばならない。

極薄のニトリル手袋を付けて、開いていたパソコンにUSBメモリを挿すと内部情報を吸い出す。更にそのデータの転送を指示した。

データ量は膨大らしく、転送データの棒グラフの動きが遅く感じられる。転送を終了させてから差してあったUSBメモリを引き抜いた。

そのまま部屋を立ち去ろうとした時、背中に何かが当たる。

「そこまでにして貰おうか」

武尊が静かに振り向くと、堂島が銃を向けて立っていた。

「ずいぶん早いお帰りだな。辰宮みたいな男と飲むのはつまんなかったか？」

両手を上げながら武尊は嘯いた。

「そうだな、あの男がつまらないのは元からだが……実はこの部屋には仕掛けがあってね。私以外のものが侵入すると私のスマートフォンに警報が届くようになっているんだ」

どうやらいくつか解除したもの以外にもトラップがあったらしい。

「……用心深いこった」

それでもふてぶてしく笑う武尊の、額に銃口を押し当てて堂島は邪悪な笑みを浮かべた。

「お前が本当は何者なのか……白状してもらおうか」

◇

武尊からの連絡が急に途絶えた。武尊が簡単にやられるとは思えないが、父のように消息不明になってしまったらという不安に襲われる。しかし逃げるわけにはいかなかった。今は彼を信じるしかない。

やがて玄関からドアが開く音が聞こえ、辰宮が姿を現した。

「おじさま、堂島さんとお話は済んだんですか……？」

何も気付かないふりで無邪気に話しかける。少しでも時間を稼がねば。

「ああ、無事に終わったよ。やっと二人きりになれたね、沙羅」

「！」

辰宮の嬉しそうな声に、今度こそ沙羅は唇を噛む。

「やはり、気が付いてらしたんですか……」

辛うじてそれだけ絞り出す。ばれている可能性も視野に入れていた。動揺している場合じゃない。

「当たり前だろう？　私が大事な姪の姿を見間違うわけがないじゃないか。たとえどんな変装をしていようともね」

芝居がかった口調は、自分に酔っているように見える。しかしばれているならこれ以上なにも隠す必要はない。

「おじさまが父を攫ったんですか？」

沙羅はカリンの偽装をかなぐり捨てて核心に迫る。

「そうだね。義兄《にい》さんは私のことを告発しようとしていた。今まであんなに会社の為に尽くしてきたというのに。酷いと思わないか？」

悲しげな声の中に、隠された真実に気付く。

「やはり父は……叔父様が悪事に手を染めようとしていることに気付いていたんですね」

恐らくはアデストラホテルという場所を隠れ蓑に使った麻薬の売買。父はそれに勘付いて罠に嵌められた。

「彼は言ったよ。『これが最後の温情だ。私がヨーロッパから帰ってくるまでに、後始末の準備をしておくんだ』とね。全く愚かなことだ。私が自首なんてするはずないだろう」

「そして父を……消そうとした？」

「私は何もやってない。堂島に相談しただけだ」

それがつまりは殺そうとしたということだろう。沙羅は辰宮を睨み付ける。

「……あのままヨーロッパで事故死してくれればよかったのに、なんとも用心深い人でね、厄介な遺言書を残してしまったんだ。おかげで下手に殺すわけにもいかなくなった」

父は父で警戒していたらしい。自分に何かあった場合に備え、匡貴グループの利権が簡単に叔父に渡らないようにしていた。

「義兄さんに何かあった時には、娘である沙羅が株券をすべて相続することになる。しかし『同時期に二人に何かあった時には、他の株主に分配する』と遺言書に記した。だから初めは君を説得しようと思ったんだ。それなのにあの役に立たない若造弁護士が君を逃したりするから……」

檜山北斗の失態をなじりながら、辰宮はじりじりと沙羅との距離を詰めてくる。

「だけどこれでようやく君のことを手に入れることができた。沙羅、知らないだろう？私がずっと君のことを見つめていたと……」

「ずっと？」

「ああ。初めて会った時から、私は君に恋していたんだ」

その意味に気付いてゾっとする。

「だって、おばさまと結婚したのは私が小さい頃で……」

　辰宮が叔母と婚約したのは母が亡くなって一年後だった。沙羅はまだ小学生だったはずだ。つまり叔父は、沙羅が幼い頃から情欲的な目で見ていたのだ。

「ああ。もちろん表には出ないよう、必死で努力したさ。しかし君に会う度に私の胸は歓びに溢れ、ときめきが止まらなくなった。真莉愛と結婚を決めたのは真莉愛のあの容姿もなくはなかったが、何よりも君に似ていたからだ」

「そんな……」

「君がカリンの変装をして現れた時も、嬉しくて震えが止まらなくなりそうだった。沙羅、私の可愛い沙羅――」

　熱にうかされたような顔で、辰宮は沙羅に抱きついてきた。

「やっ！」

　逆らって沙羅は腕を前に突き出す。バランスを崩した辰宮がひっくり返り、床に尻餅をついた。

「沙羅、お前だってそのつもりでここに来たんだろう！」

　辰宮は血走った目で起き上がり、無理矢理沙羅をソファに押し倒す。

「こんなに愛しているのになぜ分からない！」

　細い体に馬乗りになると、大きく右手を振り上げた。以前の沙羅なら、恐怖で目をつぶり、身動きひとつできなかっただろう。しかし、沙羅は目を逸らさず叔父を睨み付ける。

「私は、あなたを、愛していないから」

一語一語区切るように言うと、辰宮は怒りの余りぶるぶると震えだす。

「もしや、あの男のせいか？　お前が失踪してからずっと一緒にいた……」

武尊との仲を疑っているのだ。

「おじさまだって、北斗さんを私に紹介していたじゃないですか」

「あの若造が君に手を出していないのは分かっていたからな。ちゃんと釘は刺してあったし他の女もあてがってあった」

「でもあのまま北斗さんと結婚していたらどうするつもりでしたの？」

「初夜の晩にお前にクスリを飲ませて、花婿と入れ替わるのは既に織り込み済みだった。どれだけその日を私が楽しみにしていたか……」

うっとりした顔で知らされて、気持ち悪さが倍増する。叔父と北斗との間で、そこまでおぞましい盟約が結ばれていたなんて。

「お前の……汚れなきお前の処女を散らすのは、この私だよ……」

ぞっとするほど優しい声だった。それが何よりも沙羅の怒りを暴発させる。

「もう遅いと言ったら？」

こんな男のものになるくらいなら、武尊と抱き合っておいてよかったと心の底から思う。しかし当然ながらその発言は辰宮の怒りに火を付けた。

「なんだと……？　お前、もしや……」

案の定、怒りで辰宮の顔が激しく歪み出す。

「あの男か？　あの男にお前の体を触れさせたのか!?」

「私の体は私のものです！　誰に触れさせようと叔父様には関係ないわ！」

そう言いきった途端、辰宮は思いきり沙羅の頬を平手打ちした。

たとえ鍛えていなくとも、男の力は強い。思いきり頬を打たれて、沙羅の目の前にはチカチカと火花のように星が散る。唇と口の中が切れたらしく、血の味が広がっていた。しかし歯を食いしばって更に叔父を睨み付けた。

「私の体が欲しいならどうぞ。でも心はどうやったってあなたのものにはならない」

力では勝てないと分かっている。多少鍛えようとも、沙羅の細腕では押さえつけてくる叔父の体を押しのけることさえできない。けれど心まで屈服するつもりはない。

「沙羅……お前」

辰宮は額に浮かんだ青筋を震わせて言った。

「本当にあの男に抱かれたのか？」

狂気を孕《はら》んだ目が沙羅を覗き込む。

「あんなに大人しくて、あんなに怯えていたのに、あの可愛い沙羅は何処にいった？　あんなゲスな男に抱かれて、お前も普通の女に成り下がったというのか？」

血走った目は完全に常軌を逸していた。聞く耳を持たないことを悟り、沙羅は一言も答えず黙り込む。

「来い！」

辰宮は沙羅の長い髪を摑んで、寝室に連れ込んだ。引っ張られた髪が痛くて、目尻に涙が滲む。しかし辰宮はそんな沙羅を人形のようにベッドに放り投げると、来ていたスーツを脱ぎ、ネクタイを外して覆い被さってきた。

「お前が悪いんだ！　お前が大人しく私のものにならないから……！」

無理矢理抑え付けてブラウスのボタンを引きちぎる。白いブラウスの前ボタンが飛ぶと、中に身に付けていた下着が露わになった。

「この白い肌を、あの男に触れさせたのか……？」

嫉妬に狂った男は、口の端を上げて悪鬼のように笑った。

「この清らかな肌を、染みひとつない白い皮膚を、あの男に触らせたというのか……？」

既に独り言のように呟きながら、辰宮は沙羅の首筋に吸い付いてきた。

あまりの気持ち悪さに吐きそうになるのを堪え、沙羅は枕の下に手を伸ばす。

念のためにと隠してあったスタンガンがその手に触れた。

一瞬の躊躇いもなく、沙羅はそのスタンガンを叔父の体に押し当てた。

「ぎゃあっ！」

叫び声をあげて、辰宮は転がる。彼の体の下から滑り出ると、沙羅は千切られたブラウスの前をかき合わせて辰宮と距離を取る。

「お父様はどこ!?」

スタンガンを握りしめたまま沙羅は詰問する。しかし辰宮は体を小さく震わせたまま答えない。

「もうすぐ武尊さんがここにきてあなたから父の居所を聞き出そうとするわ。彼は危険な人です。身のためを思うならさっさと父の居場所を教えなさい！」

半分ハッタリだった。武尊は来るかもしれない。来れないかもしれない。

どちらにしても後戻りはできない。ミッションはフェーズ2に移行する。

玄関のインターフォンが鳴る音がして、一瞬武尊が来たのかと期待したが、モニターを見てその希望は潰えた。

玄関の外に立っていたのは櫻井だった。彼は合鍵を持っていたらしく、そのまま玄関を開けて入ってくる。そして沙羅の姿を見つけると面白そうに笑った。

「君は……思った以上にお転婆な娘だったようだな」

沙羅はキッと櫻井を睨みつける。

「お父様はどこ⁉　あなたも知っているんじゃないんですか⁉　答えなければ今すぐあなたを未成年略取で通報します！」

スカートのポケットからスマートフォンを取り出した沙羅の腕を、櫻井は素早く万力のような力で押さえつける。

「慌てるな。すぐに会わせてやるさ。あの若造ともな」

櫻井はサングラスの奥でニヤリと笑うと、もう片方の手で薬液を染み込ませた布を沙羅の口にあてがう。

あ――。
そう思った時には、沙羅の意識は薄れていった。

◇

意識が戻った時、沙羅は後ろ手で拘束されて、薄暗い場所の固い床に転がっていた。ブラウスの前ははだけたままで、下着が覗いてしまっている。床ががたがたと激しく振動し、エンジン音が響いていた。今いる場所の暗さを考えると、コンテナトラックの荷台にでも乗せられているようだ。

打たれた頬はじんじんしているが、それ以外に痛みがないところをみると、意識を失っている間にレイプ等された様子はなくひとまずホっとする。さすがにスタンガンはないがネックレスやピアスもそのままだ。

そして沙羅から数メートル先、ちょうど対角の隅に丸まっている物体に気付き目を見開いた。

「武尊さん――！」

暗くてよく見えないが、派手な金髪とブーツを履いた長い足は見覚えがある男のものだった。やはり胴の辺りを何重にも縄で拘束された武尊が、床の上に転がされている。なんとか床を這いずるようにして近付くと、綺麗な顔のあちこちには青黒い痣があり、着ている服にはところどころ血が滲んでいた。

「ひどい……！」

かなり痛めつけられたらしい。どう見ても尋常な怪我ではなかった。目を閉じ、意識を失っていた武尊の口から、掠れた声が漏れる。

「沙羅……？」

意識を取り戻したことに一瞬安堵する。少なくとも死んではいなかった。

「大丈夫ですか？」

ハッとした顔で武尊が聞き返す。

「お前こそ無事か⁉　まさか辰宮の野郎……！」

引きちぎられたボタンのブラウスとはだけてブラが覗いている胸元を見て、武尊の目に殺気が籠もる。しかし沙羅は冷静に答えた。

「大丈夫です。教えられた通り応戦してスタンガンを押し当てました。私は怪我もしてません」

たまたま隠した場所が近かったのもあるが、タクティカルペンよりスタンガンの方が敵を制御できる能力が高い。沙羅の答えを聞いて、一気に武尊の肩の力が抜ける。殴られた頬は唇が切れているが、大した怪我ではない。

「……ハハ、勇ましいな。あんたのほうが俺を助けに来た王子様みたいじゃないか」

「……は？」

沙羅が無事だったことにホッとしたのか、武尊のふざけた軽い口調に、張り詰めていた緊張の糸が緩む。こんな時になんてことを。

「それより武尊さんの方こそ大丈夫なんですか？」

「……ああ、わりぃ、ドジっちまった。でも大丈夫だ」

「本当に……？」

沙羅の瞳が潤みだすのを見て、武尊は慌てて軽口で返す。

「嘘だと思うならここでキスしてやろうか？　思いっきり濃厚で激しいやつ」

「な……っ、何をバカなことを！」

沙羅は真っ赤になって、泣いていいのか怒っていいのかよく分からなくなる。けれど少なくとも軽口を叩ける程度には大丈夫なのだろう。

「沙羅」

「……なんですか？」

「本当に、危なくなったら一人でも逃げるんだ。いいな？」

「それは……！」

「逃げてくれ、頼む」

珍しく真面目な武尊の声に、沙羅は答えることができない。

そうこうするうちにトラックは緩やかに減速して止まった。荷台の後ろにある扉が開かれ、扉の向こうには何人かの男達を連れた堂島が立っていた。櫻井もニヤニヤしながら立っている。辰宮の姿はない。まだマンションに転がっているのかもしれない。

「ようやく二人ともお目覚めのようだね。待ちかねたよ」

「ここはどこ？　一体彼に何をしたの⁉」

沙羅は思わず怒鳴りつける。しかし堂島は肩を軽く竦めて見せた。

「酷い言いがかりだな。言っておくが、そいつのおかげでウチの連中は十人以上病院送りなんだが」

当然そうなるだろう。武尊の強さは半端ない。

「おかげで使いたくない銃まで持ち出すことになってしまった」

堂島の台詞に、沙羅は驚いて武尊の方を振り返る。薄暗くて気付かなかったが、身に付けていた黒革のツナギの左の袖が不自然な破れ方をしていた。しかも彼のそばの床には点々と血痕が飛んでいる。

「……！」

「大丈夫、死なせないようにちゃんと致命傷は避けている。なにしろ彼には訊きたいことが色々あるからね」

沙羅は無言で堂島を睨み付ける。武尊にもしものことがあったら絶対許さない。

そんな沙羅の気迫を無視して、堂島は背後にいる男達に、沙羅たちを荷台から下ろすよう命じた。沙羅は縛られたロープごと櫻井に抱え上げられ、嵩《かさ》張る武尊は二人がかりで引きずるように下ろされる。外は塀に囲まれた個人所有の別荘のような洋館だった。叔父が用意した隠れ家の一つだろうか。車から降ろされた時に見えた景色から、敷地は広く、隣家があったとしてもその距離は遠そうだった。

堂島は正面玄関の鍵を開けると、男達を促して沙羅と武尊を二階の奥にある部屋に放り込んだ。怪我を負っているらしい武尊が低い呻き声を上げたので、沙羅は必死で彼に近付こうとするが、戒めが邪魔でうまく動けない。その間にも扉の鍵は無情な音を立てて閉められる。閉じ込められたのは明白だが、二人一緒なのは有難かった。どちらも身動きが取れない状態だから問題ないと思われたのかもしれない。

灯りの付いてない部屋はやはり薄暗かったが、それでも窓から月明かりが差し込んでいるようで、トラックの荷台よりはかなりマシだった。

八畳ほどの洋間はがらんとして、調度品や家具は何もない。

「沙羅ちゃ～ん」

「なんですか、その呼び方気持ち悪い！」

思わず素で叫んでしまった沙羅に、武尊は顎をくいと引いて呼び寄せた。沙羅は必死で芋虫のように這って武尊に近付く。

「あら～、沙羅ちゃんもかっこいいことになってんね」

満身創痍に見える武尊の口調はあくまで軽くチャラい。彼が指したのは辰宮に殴られた跡のことだろう。殴られた場所はまだジンジンしていた。もしかしたら痣になっているのかもしれない。

「武尊さんほどではないと思いますけど」

彼のいつも通りの口調に安堵しながら沙羅は返す。まじまじと見つめると武尊の顔も痣だらけだった。恐らく服で見えない部分もそうなのだろう。

「……わりぃ。ちょっとへこんでるんでキスしてくれる？」

武尊は腹筋を駆使して何とか体を起こすと、至近距離にいる沙羅をじっと見つめる。切れ上がった双眸を三秒見つめると、沙羅は彼の顔に唇を寄せた。武尊の舌が沙羅の唇をノックすると、招き入れてその感触に集中する。

「ん……ふ」

まだ慣れない感触に、思わず声が出てしまったことが恥ずかしくて、沙羅は頬を染めた。武尊の唇はそのまま沙羅の首筋を伝い、ブラウスの前ボタンが外れて下着が露わになっている胸元へ落ちる。胸の谷間に武尊の頭が沈み込んでいた。彼の唇の感触に、更に声が漏れそうになるのを必死で耐える。

「あんがと」

唇を離すと、武尊はいつもと同じ顔でそう告げた。

「……よかったらもたれ掛かってください。少しは楽かもしれません」

肌を上気させた沙羅の勧めに従って、武尊は背中合わせに沙羅の体にもたれてきた。触れた肌が少し熱い。撃たれたり殴られたりした影響で発熱しているのかもしれない。

「悪いな」

武尊はそれだけ言って黙り込む。沙羅が思うより負傷が激しいのか。

階下では堂島達が動き回る気配が微かにしていた。車の音も聞こえないから、まだ彼らもここにいるのだろう。

こんな状況だというのに、沙羅の心は不思議と落ち着いていた。この後どんな目に遭うかも分からないのに、もしかしたら殺される可能性だってあるのに、何も怖くない。理由は分かっていた。武尊が一緒にいるからだ。彼が強いからとかそんな理由ではなく、ただ共にいるということだけが沙羅の気持ちを落ち着かせている。

——今訊かないともうチャンスはないかもしれない。

ふとそう気付き、沙羅は覚悟を決めるのに数秒を要してから話し出す。

「武尊さん」

「ん？」

「こんな時に恐縮ですが、そろそろ……教えて貰えませんか？　私を助けた本当の目的はなんですか？」

「……どういう意味だ？」

聞き返す武尊の声に抑揚はない。このまましらばっくれるつもりかもしれないが、沙羅は真実が知りたかった。

「……あの路上で助けて貰ったのは確かになりゆきだったのかもしれない。キミカさんのところに連れていかれたのも。でも、その後はさすがに不自然でしょう。成功報酬だなんて言ったって、一銭も貰わないでずっと私を守り続けるなんて……いくら世事に疎い私でもおかしいことくらい分かります」

一応楡の木会の店や『Secret Garden』での報酬は全て武尊に渡してある。だとしても着替えや生活必需品、身に付けた装備一式等を考えると、とても武尊に得るものがあるとは思えない。ましてや武尊が個人的な親切心や正義感だけで沙羅を助けてくれていたとも考えにくい。後払いと言ったって、作戦が失敗すれば武尊は一文にもならない。

「俺が沙羅に一目惚れしたからってのは？」

ふざけた声に、沙羅はふり返って目を丸くする。

「それはないですよね？」

「あ、そ」

あまりに素で否定され、武尊は傷付いたような顔をした。

「私は世間知らずだし人を見る目もあまりありませんが……武尊さんが親切なのも、本当はすごく優しいのも知っているつもりです。そして……それだけの人じゃないことも」

彼の強さや狡猾さは、必要があって培われたものだと感じる。それは今までの沙羅が全く知らない世界だった。だからこそ気付くことができたのかも知れない。

「私を助けることで……傍に置いておくことで、武尊さんに何か得るものがあったんじゃないですか？」

沙羅の問いに、武尊が動じる様子は全くなかった。

「そうだとしたら、お前はどうする？」

淡々とした声。

ようやく沙羅は腑に落ちた。やはりそうなのか。

「どうするもなにも……やっと安心しました。ずっと一方的に迷惑をかけてると思ってたから、少しでも、いるだけでもお役に立てていたのなら嬉しいです」

嫌味ではなく、本心からそう言った。自分に利用価値があったとしたら、それにこしたことはない。

「悪用されたのかもしれないとは思わないのか？」

「え？」

全く思いも付かなかった。しかし武尊からすれば当然出てくる考えだ。

「お前の身柄を確保して信頼させ、匡貴グループを相手に強請《ゆす》ったり取引材料にしたりする可能性が、あるとは思わなかったのか？」

「なるほど、そういうパターンもありましたね」

素直に感嘆してから、沙羅は確信を持って微笑む。

「でも、違うでしょう？」

「何故そう思う？」

「もしそうだとしたら……時間をかけすぎていると思います。例えばお金が欲しいだけだったら、もっとスピーディーなやり方があったんじゃないかしら。よく分かりませんが」

武尊が沙羅を守るために取った行動は、確かに手がかかりすぎていた。自殺工作、潜入捜査、変装や身分証の偽装、果ては筋トレや機器類のレクチャーまで、沙羅が願ったこともあって、かなり手間をかけていた。そこまでして信頼を得るくらいなら、直接辰宮と取引をして沙羅を受け渡した方が早いしリスクも少ない。

「色々調べていたことが私のためだけではなくてもおかしくないと思うんです。でも、少なくともあなたは、臆病に震えることしかできなかった私にこれ以上なく繊細な気遣いを示してくれいた。たぶんそれは、武尊さん自身が思う以上に……」

あの部屋に連れてきてくれたこと。眠れない夜にあやしてくれたこと。彼が差し伸べてくれた手は、現実に溺れかけていた沙羅にとって極上の藁《わら》だった。彼という藁に縋ったことを、後悔する気にはなれない。

武尊の声が低く潜められる。

「……俺に抱かれたこともか？」

「それは……」

沙羅の頬がさっと紅潮し、閉じていたピンクの唇がゆっくり開きかける。しかし廊下に人の気配を感じ、武尊の目がさっと扉の方へ向けられる。沙羅も釣られてドアを凝視した。

がちゃがちゃと鍵が開けられる音がして、ドアが開く。

「せっかく招いたのに放ったらかしですまなかったね。ご機嫌はいかがかな？」

堂島はまるで大事な客をもてなす口調で微笑んでいた。

「そう思うなら茶のいっぱいでも出しやがれ」

「確かに。しかしもう一人、大事なお客様を預かっていてね。ちょうどいいから君たちにも紹介しようと思ったのさ」

堂島の後ろには配下らしき男が押してきた、車椅子に座らされた人影がある。沙羅の目が最大限に見開かれた。

「お父様！」

沙羅の叫び声に、俯いていた人影はゆっくりと顔を上げた。

「沙羅、か……？」

ヨーロッパで消息不明になっていたはずの沙羅の父親、匡貴敬吾だった。

「お父様、ご無事なんですか？　怪我などしてませんか？」

身動きが取れない状態で、沙羅は必死で叫んだ。敬吾の顔はやつれて翳《かげ》り、左足には包帯が巻かれていた。

「その足は……」

「ああ、逃げようとした時に高い場所から落ちてね。骨が折れたようだが一応手当は済んでいるから心配はない」

「そんな……」

「私よりお前の方が……」

「私は大丈夫です！」

喉を詰まらせる敬吾に、沙羅は声を張り上げる。そんな二人を見て、堂島が面白そうに言った。

「美しい涙の再会だな。せっかくだ。この邪魔なチンピラは連れていくから、しばらくは親子水入らずを楽しんでくれ。君たちの料理はその後でゆっくりしてあげよう」

二人の様子を面白そうに眺めると、堂島の配下は敬吾を車椅子ごと部屋に入れ、代わりに武尊を引きずり出す。そして両脇から抱えるように引きずられている武尊を睨み付けた。

「君には改めて訊きたいことがある。君の本当のクライアントについて、とかな。しばらく付き合って貰おうか」

「武尊さん！」

運び出される長身の影に向かって沙羅が叫ぶと、武尊は一瞬振り返り、気障なウィンクを残して堂島達と共に去っていった。心配するなという意味だろう。沙羅は冷静さを失うまいと自分に言い聞かせた。

ドアが閉まり、部屋には親子だけが残される。

「沙羅……？」

車椅子から動けない敬吾が、身を乗り出して沙羅の顔をまじまじと見る。

「本当に大丈夫かい？」

「ええ。私は大丈夫です。それより骨折だなんて……」

「心配させて済まない」

その声を聞いただけで、沙羅の目は潤み始めた。行方不明の一報を聞いてから、不安を感じない日はなかった。特に沙羅自身が暴漢に襲われてからは、殺されてしまうようなことになっていないかと、ずっと心配し続けていた。

「いえ、無事でよかった……本当に……」

ひとしきり互いの無事を喜んでから、敬吾が思いついたように訊ねる。

「さっきの彼は？」

「彼は一ノ瀬武尊さんと言って、ずっと助けて貰っていたの。お父様がいなくなってから色々あって、家にいられなくなって……偶然会った彼が探偵さんで……」

端的に説明するのは難しく、沙羅はかなり端折って説明する。

「そうか……」

敬吾も思うところがあったのか、今はそれ以上訊かなかった。

「それよりお父様はなぜここに？」

「あ、ああ。実は――」

敬吾の話を要約すると、こうだった。

今回のヨーロッパ出張では、秘密裏に人と会う約束になっていた。辰宮の悪事を証明してくれる人物だ。だから密かに車を借りて一人で会いにいこうとしたところ、暴漢に襲われてしまう。命からがら逃げ出す途中、敬吾は山奥に入り込む羽目になり、途中で滝に転落してしまった。

「そのまま川に流された時、打ち所が悪かったらしく、一時的に記憶を失ってしまってね。助けてくれた猟師は高齢で世捨て人のような人だったからそのまま世話をして貰っていたんだ。しかしそこも奴らに見つかって、結局怪しい船で無理矢理日本に連れてこられたというわけさ。骨折は港に着いた時逃げようとして甲板から飛び降りたんだ」

「なるほど、色んな偶然が重なったということだろうか。

「なんにせよ……無事で良かった……」

怪我をしているのは心配だが、命があっただけでも喜ぶべきだ。沙羅の瞳に再び涙がにじむ。

「それはこっちの台詞だよ。私が言うのもなんだがね、酷い格好だ。一体何があったんだ？」

言われて自分の格好を見直す。確かにパーティに出かけられるような格好ではない。口元は殴られて唇が切れているし、ブラウスはボタンがちぎれて前がはだけ、そのままの状態で後ろ手で縛られている。そのことをなんと説明しようか一分考え、今更ながらそんな暇はないと気付いた。

「えーと、詳しくは後で話しますが……たいしたことじゃありませんわ」

沙羅がそう微笑んで見せると、敬吾は種も仕掛けも分からない手品を見たような珍妙な顔になる。

「それより先にここから無事に逃げ出す方法を考えないと……」

「あ、ああ。そうだな」

幸い敬吾は拘束されていなかった。

「先ほど私達……私と武尊さんが連れて来られたトラックがまだあるはずです。あれの鍵を手に入れられれば……お父様は運転できますか？」

免許は持っていたはずだが、いつも運転手の車で移動しているので、父が運転しているのは見たことがなかった。

「難しいな。トラックはマニュアル車が多い。昔は運転していたから操作方法は分かるが、この足ではクラッチ操作が無理だろう」

「そうか、そうなんですね……」

沙羅自身は運転免許を持っていない。今まで必要なかったからだ。車が必要な用事があれば、運転手の滝田に頼めばよかった。今の状況をなんとか打破し、元の生活に戻ることができた時は。運転免許も取っておこうと心の隅で決意する。

「それじゃあどうやって武尊さんを助け出すか……」

そこまで言って、沙羅は考えこむ。堂島は武尊のもうひとつのクライアントが、と言っていた。つまり、その依頼主のためにも堂島達のことを調べていたのだろう。その依頼主とは？　橋田会の敵対勢力？　それとも武尊が個人的に橋田会と因縁があったりするのだろうか。

武尊に何か事情がありそうなことは気付いていた。だからこそさっき直接聞こうとしたのに、結局聞きそびれてしまったままだ。

　物思いに沈む沙羅に、敬吾が声をかける。

「さっき連れていかれた彼は……沙羅にとってどんな存在なんだい？」

「え？」

「私が知っている沙羅はもっと臆病で繊細だった筈だ。男性も全般的に苦手だった。檜山君と婚約したことさえ驚いたくらいだ」

「あれは……」

　父に訊かれ、北斗の事をすっかり忘れていた自分に驚いた。

「北斗さんと婚約したのはお父様に安心してほしかったからで……でも彼との御縁はすっぱり切れました」

　今後、以前の生活に戻れたとして、北斗自身の行動に犯罪性が認められなかったとしても、彼と関わり合う未来はないだろう。そのことには全く未練もない。

「それは、さっきの青年のせいかね？」

「え……？」

　父が指している青年というのが武尊のことだと気付いて、沙羅は一瞬言葉に詰まる。

　北斗に関しては、結局元々なんの感情も抱いていなかったことに気付いた。だから武尊と関係があるかと聞かれたら直接的にはノーだ。けれど武尊と出会って、初めて人を恋う感情を知った。誰かを好きになる感覚を、沙羅に教えたのは武尊という存在だった。だから間接的にはイエスと言えるのかもしれない。

「あの人は――、闘う人です。直接的に闘うよう指示されたことはありませんが、影響を受けたのは確かです」

彼のようになりたかった。自分の手で、足で、不条理な事態に陥っても自ら抜け出すために闘えるようになりたかった。怯えて助けを待つだけでなく。

「私は今回の事があるまで、自分の弱さを言い訳にして現実から逃げていました。それならそれでもっと色々できることはあったはずなのに、弱いから守られるのが当たり前だと、綺麗で安全な箱庭にいることに何の疑問も持たなかったんです。でも……『匡貴の娘』という肩書きを失くした時、私自身にはなんの力も価値もなかった……」

今回の事件の中で痛いほど感じたことだ。もし武尊に助けられていなかったらどうなっていたのか。脅され、利用され、下手すれば命さえなかったかもしれない。頼れる相手を探し、右往左往するだけの存在。それくらい、沙羅という存在は軽くて弱かった。

「そんなことは……」

否定しようとする父に、安心させるように微笑む。

「もちろんお父様に愛されていることは分かってます。匡貴の娘であるということが、社会的にどんな意味を持つのかも」

そのことを自覚しない日はない。しかし新たな意志が沙羅の中で芽生えていた。

「だからこそ私は、――私自身がどんな立場であれ、自分の足で立って、不条理なことにはちゃんと抗える人間になりたいんです、決して流されるだけでなく」

　今すぐは無理かもしれない。けれどいつかきっと――。

　そんな沙羅の様子に敬吾はしばらく言葉をなくす。ようやく声が出たのは数分後だった。

「……驚いたな。ほんの一、二ヶ月会わなかっただけなのに、娘がこんな風に別人になっているなんてね」

　敬吾は放心したような顔になる。

　大人しくて臆病で、自分がずっと守らねばならない子供だと思っていたのに。敬吾の表情がそう語っていた。

「しかしお前の言うとおりだ。まずはここからなんとか逃げ出さないと」

　とはいえ大企業のトップだけあり、冷静に現状に立ち戻る。

「私の縄を解けますか？」

「見せてみなさい」

　なんとか立ち上がって父の方に背を向ける。敬吾は結ばれている手首の縄を緩めようとする。

「いえ、そうではなくて、右の袖口を触ってみてください」

「え？」

「細いカッターワイヤーが落ちてきているはずです。それをなんとかして引っ張り出せばその縄も切れるはずです」

「わ、分かった。やってみよう」

さっきの武尊の胸元へのキスの正体がこれだった。手持ちの道具では取り上げられる可能性が高い。だから十センチほどの金属紐を、ブラジャーのワイヤー部分に隠してあった。それをさっき武尊が口で取り出し、沙羅の袖口に落としてくれたのだった。

敬吾が袖のボタン口から取り出したワイヤーには細かいギザギザの刃が巻いてあり引っ張られた際に袖口も少し破れてしまう。しかし沙羅の肌は概ね無事だった。敬吾は沙羅に教えられ、両端の小さなリング部分を両手で持ち、上下に動かして沙羅の縄を切り落とす。

縛られ続けて麻痺していた手首に、ゆっくり血流が戻ってくる。沙羅は少しでも早く動くように両手首をさすった。

指先まで思い通りに動くようになると、胸元にぶら下がっていたネックレスの留め金を触って操作する。

「マニさん、聞こえますか？　沙羅です」

『おお。やーっとこっちの電源入ったねえ。待ちかねたよー』

マニはいわば保険だった。武尊と沙羅、その両方が窮地に陥ってしまった場合の別働隊である。マニ向けの発信機は、最初から電源を入れておくと発見機に引っかかる可能性があるから落としてあった。

「よかった。今私達がいる場所はトレースできますか？」

『ちょおっと待ってねー。たぶんこれで……どうだ！』

何かを操作する音が続いたかと思うと、マニが歓声をあげる。

『ビンゴ♪　トレース成功。そっちは？　武尊と一緒だよね？』

「それが、今、別々にされてしまってます。武尊さん、怪我が酷いから何とか助け出したいんですけど――」

沙羅は今の状況を手早く説明した。

「んーー、別々に閉じ込められてるのはキツいなあ」

「なんとか……歩けない父だけでも先に救出して私が動けるようになれば……」

父親をマニに託し、動ける沙羅が武尊を救出に行くことは可能だろうか。もっとも武器らしい武器も持たない沙羅が、男達を相手に大立ち回りするのはどう考えても無理だ。鍛え始めたと言っても立てなかった赤子がよちよち歩き出した程度である。何か策を講じる必要がある。

『そうだねー。まずはカメラ起動して全体が映せる？』

「やってみます」

沙羅はネックレスに内蔵された小型カメラを起動する。

「どうですか？　見えます？」

『オッケー、ばっちり。見事に何にもない部屋だなあ。窓の鍵は内鍵？』

「確かめてみます。……大丈夫、中から開きそうです。でも……」

観音開きの窓を外側に向かって開けると、来た方向とは反対側の裏庭らしき場所が見える。とは言え外は三メートル以上ありそうな高い壁が巡らされていて、窓を使って逃げるのは難しそうだ。屋根から雨樋が壁を走ってはいるが、大人一人を支える強度はないだろう。

『そうすると……古典的な方法から試してみる？』

マニの提案に、沙羅は力強く頷いた。

◇

「すみません！　誰か！　誰かいませんか⁉」

鍵がかけられた扉を、外に向かって強く叩く。そして声をめいっぱい張り上げた。

「すみません、誰か……！」

必死に叩き続けていると、鍵が回る音がして、細く扉が開いた。

「どうした」

いかつい顔の、見張りで立っていた男が隙間から顔を出す。

「あの、どうしてもその……お手洗いに……」

沙羅が恥ずかしそうに俯くと、男はようやく気付いたように「ああ」と呟いた。

「そのかわりお前だけだぞ？　親父は連れていかないからな？」

「はい。それで結構です。ありがとうございます」

笑顔を咲かせてお礼を言うと、男は仕方ねえなあと言うように沙羅の腕を取った。その視線ははだけた胸元にチラチラと落とされる。

「あ、すみません、見苦しくて。さっきボタンを引きちぎられちゃったから」

「……別に俺は構わねえけどよ」

素直にお礼や謝罪をされることに慣れていないらしい。男は少し戸惑うようにそっぽを向いた。

そのまま個室トイレに入れられる。

「悪いがドアは少し開けとくぞ」

「……分かりました。でもこれだけ……今だけほどいて頂くわけにはいきませんか？」

縛られている腕を示す沙羅の丁寧な要請に、男は少し迷う顔になる。

「……ごめんなさい。無理ですよね。自力でなんとかやってみます！」

沙羅が無理矢理笑顔を作ってみせると、男は少しにやけた顔になる。

「俺が……脱がしてやろうか……？」

「え……？」

男の顔に、下卑た表情が浮かんでいた。

「え、いや、そんな、申し訳ないですし！」

一方、沙羅はあくまで彼の申し出を親切心として受け取った答えを出す。

「いや、それくらいなんてことはねえよ。さあ、中に入れな」

男は個室に入り込んでくると、沙羅のショーツを脱がそうと屈んでスカートの裾に手をかけた。

「でも、やっぱ恥ずかしい……」

沙羅の消え入りそうな声に、男の興奮が高まっていく。

「お嬢ちゃん、本当は誘ってんだろ？」

男がにやけた顔を上げようとしたその瞬間、沙羅は思いきり男の顔を蹴り上げた。

「ぐえっ！」

ちょうど膝が男の眉間に当たる。慌てて額を押さえた男の股間を、今度はローヒールの踵《かかと》で踏みつける。今度こそ死にそうな痛みだったようで、男はその場に蹲った。

「ちくしょうっ、このアマぁ……っ！」

鬼のような形相になった男の首筋に、沙羅は縛った振りの縄を落として、手の平の中に隠し持っていた超小型スタンガンを押し付けて最高レベルの電流を流した。一片四センチほどの薄い正方形のプラスティックには、薄い入電ボタンと小さな針先が二本突き出ていて、押し当てられた男は今度こそ気を失って倒れ込む。

『コツは躊躇わず、迷わないこと』

武尊相手に練習していた打ち込みも多少は役に立ったようだ。息を荒くしながら、沙羅は男を個室の中に閉じ込める。

「まず一人」

この洋館内にどれだけの人数がいるのか分からない。沙羅の体力では倒せてもせいぜいが一人か二人だろう。

「おい！　何をやってるんだ！」

沙羅が一人でいるのを見つけた別の男が向かってきた。沙羅はその男に向かってまっすぐ抱きついていく。

「あ？」

突然抱きつかれて、男は素っ頓狂な声をあげた。

「助けて！　ドアの前にいた人にトイレに連れていってもらったら、急に私を無理矢理……！」

「あ？　ああ？　……たく、あいつしょうがねえなあ……」

ようやく仲間が沙羅を無理矢理犯そうとしたと理解したらしい。

「私、怖くて逃げて来ちゃって……」

「いいから部屋に戻れ、おい、ユージ――」

男がトイレに向かい、仲間の名前を呼びながら背中を向けた瞬間、沙羅は隠し持っていたスタンガンを押し当てた。男はあっさりと崩れ落ちる。市販のものを改造してあるらしく小さい割によく効く。ただし手の平に隠せるサイズのため、一見スタンガンに見えないのはいいが、充電しても一度で電流を使い切ってしまう。一個で連続使用ができないのが難点だった。いくつも持てば当然かさばるから、隠し持つのは二、三個がせいぜいだ。

さっき堂島の後ろにいた男は櫻井を入れて四名くらいだが、それ以上階下にいたら武尊を助け出せるかどうかは分からない。

——分からなくてもやらなきゃ。

父親の部屋に戻りがてら、ひとつ手前の部屋の中をそっと覗くと、ベッド等の調度品はあったが人影もなく鍵もかかっていなかった。

沙羅は閉じ込められていた部屋に戻ると、敬吾の元に駆け寄り、廊下に人影がないのを確認し、車椅子を押して父を隣の部屋に移す。なるべく入り口から見えない位置に敬吾を隠し、自分の首にかけていたネックレスを渡した。

「これが発信器になっています。もう一人の助けが来るまでここでちょっと隠れていてください」

「お前は？」

「武尊さんを助けられないか見てきます」

「沙羅！」

敬吾の制止する声を振り切って廊下に出る。そのまま辺りを窺いながらそっと階下へ下りていった。

階段を下りると右の方から、鈍い衝撃音が響いてくる。はめ込みガラスのドアからリビングらしき部屋をそっと覗くと、武尊が縛られたまま男達に暴行されていた。正面には堂島が椅子を置いて腰掛けている。

「さっさと吐いて貰おうか。裏でお前を操っていたのは誰だ？」

武尊の口がもごもご動いたが、その返事は人を食ったものだったらしい。更に蹴りが入れられ、低い呻き声が耳に届く。

そんな武尊の顔を見て沙羅は今にも飛び込んでいきたくなるのを必死で堪えた。恐らく彼は時間を稼いでいるのだ。

――もう少し待ってて。

心の中でそう叫ぶと、沙羅は二階のトイレの真下辺りになる場所を探した。階が違っても水回りは配管の効率化から縦に配置されていることが多い。沙羅が探していたのは洗面所だった。そこになければほかの場所も探さなくてはならない。パントリーか、階段下か――。

――あった。

キッチンの隣、浴室に続く洗面所の入り口の上の方に、それは並んでいた。

「マニさん、見つけました」

『沙羅ちゃん、ナイス！　僕ももう近くまで来ているから、タイミングを合わせよう。今から三十秒後、いい？』

「分かりました」

時計もスマートフォンもない沙羅は、頭の中でカウントダウンを始めた。

二十九、二十八、二十七……。

そしてちょうどゼロになったタイミングで、壁の上部に並んでいた電源ブレーカーを全て落としていく。家中の電気が消え、洋館の中は真っ暗になった。電気が止まれば当然パソコン周りやエアコン、セキュリティ関係も止まる。非常用電源を用意しているかどうかは賭けだった。あったとしても動くまでに多少のタイムラグはあるはずだ。

『オッケー、そのまま逃げて！』

「私は武尊さんを助けにいきます！　マニさんは父をお願い！」

『え〜〜〜!?』

沙羅は先ほど武尊を見たリビングに早足で戻った。途中、電源が落ちたことで騒ぎ出している堂島の部下達に出会いそうになって、さっと隠れる。残っている男の人数は堂島と櫻井を含めてあと四人。

「……たく、何をやっているんだあいつらは」

椅子に座ったまま苛ついた声を出している堂島の背後にそっと忍び寄り、その首筋にそっと最後のスタンガンを当てた。

「動かないで、両手をあげてください」

その時ぱっと照明がついて、部屋から出た男達が戻ってくる。

「あなた達も！　こっちに入らないでください！　今持っているのは改造したスタンガンですから、電源を最大にすれば人を殺せます。非力な私でもスイッチひとつでこの人を倒せますよ」

無理矢理部屋に押し入ってきそうな男達の足を、沙羅の震える言葉が止めた。

「怖いんです。私、今すごく怖いからいつスイッチを押しちゃうか分かりません」

怖いのは本当だ。できれば人を殺したくはない。階上で一人ずつ男達を倒した時も、かなりギリギリだった。体力的にも、精神的にも。その追い詰められた者特有の余裕のなさが、男達に動くのを躊躇させていた。

「武尊さん、立てますか？」

「ああ、大丈夫だ……」

血まみれになっていた武尊が、ゆらりと立ち上がる。後ろ手で縛ってあったロープは引きちぎられていた。沙羅の胸元に隠してあったもう一本のワイヤーカッターを、彼もこっそり使っていたのだろう。武尊は足を引きずりながら沙羅のそばまで来ると、「よくやった」と沙羅の頭を一度軽く叩き、堂島の首を背後から羽交い締めする。

それだけで沙羅は泣き出してその場にへたり込みたくなった。しかしまだ早い。

「形勢逆転だ。そこのお前ら、この男を殺されたくなかったら武器を捨てて貰おうか」

男達の躊躇う様子に、武尊が堂島の首を締め上げると、彼の顔が紫色に染まっていく。

「ぐ、ぐふ……っ」

「こっちもさっきから痛めつけられてたからな、うまく加減ができねんだわ」

武尊の酷薄な笑いに、男達は悔しげに持っていた銃やナイフを床に置いた。

「床に置いた武器《えもの》を、蹴ってこっちによこしな」

だるそうな武尊の言葉に、男達がのろのろと動き出す。そんな彼らを見て、武尊は怒気を孕ませた。

「さっさとしろよ。これでも結構気が立ってるんだ。つい俺の腕に力が入っても知らねえぞ」

彼の言葉と同時に堂島の顔が今度は土気色に変わりだし、男達は慌ててナイフや銃を蹴る。足元に来た銃器を、沙羅が拾って武尊に渡した。武尊の腕の中で、堂島が呻く。

「お前……まさかわざと俺たちに捕まったのか？」

「あ？　今頃気付いたのか？」

沙羅達が欲しかったのは、堂島達の悪事の証拠と、匡貴敬吾の居所情報だった。

それならばいっそわざと捕まった方が早いのではないか、そう初めに言い出したのは沙羅だ。隠れ家的な場所がいくつかあったとしても、生かしておきたい人質を監禁するにはそれなりに条件が必要になってくる。沙羅が捕まれば、敬吾の目の前で痛めつけることで脅迫することも可能だろう。彼らは匡貴グループの利権を狙っていた。もちろん書類は精巧な偽物を作ることも可能だろうが、敬吾が隠した本物が後から発見されたら元も子もない。

そこで一計を案じ、もし武尊が沙羅の元に駆けつけられなかった場合は、いかに二人が上手く捕まるかをシミュレーションして計画を立てた。武尊は最初、沙羅も攫われるのを嫌がったが、敬吾の居場所を特定するにはそれしかないと説得する。沙羅も装備を潜ませたり機器の取り扱いをレクチャーされたりした。

「もっとも俺の方はあんたをあのマンションから長時間引き離すのが目的だったんだ。用心深いあんたはなかなかあのマンションの外に出なかったからな。今頃、あの店には俺の仲間が入り込んでお前達の悪事のデータを抽出しているはずだ」

武尊が捕まることで堂島に隙ができることも織り込み済みだった。

裏をかかれた堂島は、こめかみに青筋を立てて怒りを露わにしている。

「沙羅ちゃ～ん、一分だけ、こいつにこれ向けて立っててくれる？」

急に武尊はふざけた声を出して、沙羅が持っていた拳銃を堂島のこめかみに向けさせると、両手を上げている男達の方に大股で歩いていく。その目が完全にイってしまっているように見えて、沙羅は銃口を向けた堂島の方に集中した。

「あの、絶対動かないでくださいね。私も緊張してつい引き金を引いちゃうかもしれませんから！」

半ば冗談でもなく真剣な目で言うと、堂島は少しおののいた様子で頷いた。

その隙に、激しい殴打音が聞こえてくる。

「さっきはよくも遠慮なくやってくれたな！」

バキっ！　ボキっ！　という音が聞こえた後、武尊は堂島と沙羅の方へ戻ってきた。

「オッケー。お疲れ様」

「は、はい」

目の端に打ちのめされて倒れている男達がいたが、見ないふりをする。

武尊は更に堂島の腕を後ろに回し、自分が縛られていたワイヤーロープで親指同士をくくりつけた。

「てめえ、このままで済むと思うなよ？」

低い声で凄む堂島に、武尊は唇の端で笑って見せる。

「お前が地獄から戻ってこられたらな」

武尊は堂島にもみぞおちに拳を入れて床に転がすと、沙羅の肩を抱いて逃げることを促す。

「行くぞ」

「はい」

二人が屋敷を飛び出すと外には敬吾を助け出したマニがバンの運転席で待っていた。

「沙羅ちゃん、こっち！」

二人も同乗しようとした瞬間、一発の銃声が響き渡る。

「危ない！」

車に乗ろうとしていた沙羅が無理矢理押し込まれ、庇《かば》う形になった武尊の肩に見る見る赤い染みが広がっていた。

「武尊さん……？」

銃声がした方を向くと、辰宮が硝煙をたなびかせた銃口を沙羅達に向けて立っていた。

7．最後のキス

「マニ！　車を出せ！」

「え、でも！」

「いいから出せ！」

「くそっ！　分かったよ！」

武尊が車のドアを叩き付けるように閉めるのと同時に、マニのバンは走り出す。

「武尊さん！」

沙羅はバンが方向転換しようとスピードを落とした途端、動き出した車のドアを開けて無理矢理飛び降りた。そのまま地面に激しく転がる。

「沙羅！　このバカ！」

「沙羅ちゃん！」

武尊とマニが叫んだのが同時だった。

辰宮はマニが乗るバンに向かって二発撃ってきた。薄い煙を上げて車体に穴が開く。

「行ってください！　お父様をお願い！」

「くそっ」

マニは悪態をついてそのまま走り去る。沙羅もよろよろと立ち上がると傷口を押さえて屈み込んでいる武尊に駆け寄った。武尊を庇いながら辰宮を睨み付ける。

「おじさま……どうしてここに……」

「どうして？　変なことを訊くね。ここは私が用意した屋敷だ。できれば君と密かに愛を紡ぎたかったのに、堂島達に勝手に利用されていた。邪魔な奴らを片付けてくれて助かったよ」

言っていることがおかしい。どう見ても目に狂気が宿っていた。

「堂島も上手いことばかり言って私に近付いておきながらこのざまだ。何が『匡貴グループも沙羅も望むまま』だ。このままでは全て失うばかりじゃないか」

言いながら辰宮はじりじりと距離を詰めてくる。何とかして動きたかったが、銃口を向けられている以上そうもいかなかった。

「でも沙羅、お前は別だ。さあ、私の元に来なさい」

正気を失いつつある表情で辰宮は命令してくる。沙羅の背後で撃たれた肩を押さえながら蹲っていた武尊が、血まみれになった手を伸ばして彼女の手を握った。

「駄目だ、行くんじゃない」

辰宮を刺激しないよう武尊が小さな、それでいて強い口調で引き留めるが、沙羅は意を決して持っていた銃を辰宮に向ける。

「来ないで、叔父様。来たら撃ちます」

「はっ、お前に撃てるのか？　虫も殺せないような娘なのに」

「確かに今までの私なら無理だったでしょう。でもこの人を守るためなら撃てます」

きっぱり言い切ると、辰宮の顔がどす黒く変色する。

「何故だ⁉　お前を一番愛しているのは私なのに！　愛しているんだ、初めて会った時からずっと！」

血を吐き出すような叫びは沙羅の心を上滑りしていく。

「それにその男ももう保《も》たないんじゃないかな？」

突然嬉しそうな声を出す叔父に言われるのと同時に、自分の手を握った武尊の手から力が抜けていくのを感じて、沙羅は銃口を辰宮に向けたままそっと背後を振り返った。

蹲っていた武尊の顔が、蠟《ろう》のように真っ白になっている。

「大方、堂島に痛めつけられた時、一緒にクスリも打たれていたんだろう。奴が好きでよく使う手だからな。今まで動けていたのが不思議なくらいだ」

沙羅の顔からも血の気が引いていた。武尊が危ない。このままでは死んでしまう？

出会ってから今までの記憶が一気に逆流して沙羅の中を駆け巡る。

「沙羅、こっちに来なさい」

辰宮のざらついた声が沙羅の神経を逆撫でした。沙羅は握っていた銃の安全装置を外すと、辰宮に向かって撃鉄を引く。

――パン！

強い反動と衝撃音を伴って、辰宮の一メートル先の地面に銃弾が打ち込まれた。

「こっちに来ないで」

「沙羅……？」

さすがに辰宮の笑顔が引き攣っていた。

「来たらあなたを撃ちます。……いいえ、彼に何かあったら、あなたを生かしてはおかない」

静かな怒りが沙羅の中に充満している。許さない。許さない。

「……ら、やめろ……。い、から、逃げろ……」

それでもまだ意識が残っているらしき武尊が、最後の力を振り絞るように呟いた。

「嫌です。あなたを置いてはいけない」

「バカ、逃げるんだ……っ」

「嫌です」

「沙羅――」

「いや……っ」

どんどん虫の鳴くような声になっていく武尊を目の前にして、沙羅の目が潤んでくる。

それでも辰宮に銃口を向けて睨み付けていた。

こうなったらもういっそ辰宮を殺して――。

不穏な考えにとらわれかけた時、不意に、周囲がぱっと急に明るくなる。眩しい光を逆光に受けて、一人の男のシルエットが浮かび上がった。

「その場にいる全員に告ぐ。厚生労働省麻薬取締部の槇田《まきた》だ。持っている武器を全て捨てて、両手を上げなさい」

開きっぱなしの門から防弾盾を持った機動隊がなだれ込んでくる。

驚きのあまりぽかんと口を開けた辰宮の背後から、防護服を着て忍び寄っていた警察官が、飛びかかって銃を叩き落とした。そのまま後ろ手で拘束する。

「辰宮慎一郎だな。麻薬売買容疑、及び略取誘拐容疑で逮捕状が出ている。一緒に来て貰おう」

槇田の宣言と共に、傍にいた捜査員が辰宮に手錠をかけて連行する。洋館の中にも捜査員がなだれ込み、中に倒れていた堂島や男達を次々に運び出していた。

「作戦は無事成功だ。お前があいつらを引きつけておいてくれたおかげで、欲しい情報は全部引き出せた」

槇田は沙羅達の方に歩いてくると、倒れ込んでいる武尊に屈んで声をかける。武尊は苦り切った声で「おっせえよ」と毒づき、それを最後に意識を失って地面に倒れこんだ。

「武尊さん⁉」

武尊の体に縋り付こうとする沙羅に、槇田は落ち着いた声で言った。

「匡貴沙羅さんですね。武尊は大丈夫。救急車を手配してあるのでもうすぐ到着するはずです。申し訳ないが、貴女にも色々お話を聞かなくてはなりません」

銀縁の眼鏡をかけた槇田は、武尊に負けず劣らず鋭い眼光で沙羅を覗き込んだ。

「お父様も無事に保護しました。――こちらへ」

沙羅は持っていた銃を地面に置くと、バッと槇田の手を振り払った。

「嫌です」

あまりにきっぱりした拒否に、槇田は目を瞠《みは》る。

「そうは言いましても……」

よもや断られるとは思っていなかったらしい。駄々を捏《こ》ねる子供を前にして、どうやって宥めようか思案する顔になった。

「行かないとは言いません。ただ彼の命に別状がないと確認ができるまで、離れたくはありません。ずっと守って貰っていたのですからそれくらいの義理はあるでしょう」

二回り以上年上に見える、非情さと威厳を併せ持つ男を前に、沙羅は全く怯む様子もなくきっぱり言い切った。

「ずいぶん……聞いていた印象とは違いますね」

「そうですか？」

「ええ、かなり」

「変わらざるを得ない状況だったので」

「…………」

「厚生労働省と仰いましたね」

「ええ。麻薬取締官と言っていわゆる普通の警察とは違いますが、特別司法警察職員として捜査権を持っています」

「つまり武尊さんも？」

「ええ。彼は潜入捜査のエキスパートで、高級ホテルを利用した密売組織を追っていました」

「……だから、私に利用価値があったんですね」

ただの探偵ではなかったわけだ。

「貴女に利用価値があったのは確かです。奴らはなかなか尻尾を摑ませなかった。しかし匡貴社長と貴女の失踪は初めて奴らが見せた綻びでした。我々はなんとしても動かぬ証拠を手に入れたかった」

淡々とした言葉が、鋭利なナイフとなって沙羅の胸を切り刻む。分かっていたはずだ。武尊はあくまで沙羅を利用しただけ。自分の任務を全うするために使えるものを使っただけ。

「こんなことは言い訳にもならないが、あなたが店に出ている時は我々もモニタリングして、少しでも身の危険があるようならすべての作戦を中断し、公的機関として踏み込む手はずにもなっていました。――それは武尊の強い要請でもあった。しかしモラルに欠ける作戦であったことも分かっています。最終的にすべてを許可したのは私なので、武尊への

「クレームは私が承りましょう」

槇田の紳士的な申し出に、沙羅は首を横に振る。文句があるわけじゃない。言いたいことがないわけではないけれど。

そうこうしている内に救急車が到着した。救急隊員が倒れている武尊を救急車に運び、バイタルサインを確認し始める。

「同乗を許可して頂けますか？」

沙羅は静かな口調で訊いた。

「致し方ありませんね。貴女には借りがある。但し、これは特別措置だと思ってください」

「——承知しました」

「あと、これを——」

槇田はそう言って、自分が着ていたスーツのジャケットを脱いで沙羅の肩にかける。そう言えば下着も見えている格好だった。まだ温もりが残るジャケットを羽織り、沙羅は救急車に乗り込み武尊の横に座る。武尊の顔色は悪かったが、救急隊員の手によって点滴や消毒の措置を施されていた。

漸く、小さな安堵の息を吐く。

明け方にはまだ少し早い時刻、沙羅と武尊を乗せた救急車は病院に向かって走り始めた。

◇

結局武尊はそれなりに重傷だった。

銃で撃たれた傷は弾こそ貫通していたものの神経すれすれを通っていたし、殴られたり蹴られたりした肋骨は何本か折れている。何より打たれたクスリの解毒にも時間がかかると思われた。

出血量も決して少なくはなく、輸血も施された。

沙羅が付き添っていた時間、武尊の意識が戻ることはなかった。それでも命に別状はないと医師の宣言を聞くと、沙羅はホッとして、改めて槙田に詳細を供述をするために厚生局の取締部へ向かった。あくまで任意である。また知らされていなかった事情もここで聞くことになる。

「あなたのお父様、匡貴敬吾氏は、義弟である辰宮慎一郎に不審を感じていました。だから秘密裏に我々と接触し、捜査に向けて全面的に協力してくださっていたんです」

「え？」

「改めてご本人の口からお話しされると思いますが、匡貴氏の一番の懸念は沙羅さん、貴女の安全についてだった。しかし予想もしなかった海外での消息不明に、こちらも迅速に手を打つ必要がありました」

聞けば橋田会、及び堂島の一派は、富裕層への薬物売買市場を広げようとしていた。その一環として、ホテル業界の上層にいる辰宮を取り込むことはかなり有益と考えたのである。

　堂島達はさりげなく辰宮に近付き、甘い言葉で取り込みながら、その立場を利用しようとしていた。

「あまり大きな声では言えませんが、橋田会の麻薬売買には一部の警察官僚も絡んでいて、あなたを指名手配するように命じたのはそいつです。だから我々はその官僚の悪事の証拠も掴む必要もあった。相手に逃げられないよう、極秘裏にね。彼は先ほど、悪事がばれたのを知って、自宅で首をつりました。もちろん死後であっても彼は書類送検されることになりますが」

「そのなりゆきで……私を利用することにしたんですね？　叔父は匡貴グループのトップの座と私自身に執着していたから」

　沙羅は淡々と訊ねる。

「……その通りです。貴女の保護と捜査の進展を促すために、武尊を差し向けました。しかし結果的に危険な目に遭わせることになってしまいました。そのことについては上司として幾重にもお詫びします」

　そう言って槇田は深く頭を下げる。

　確かに一般人である沙羅を、事実を知らせることなく捜査のために利用したのだ。それこそ弁護士に依頼して裁判を申し立てることも可能な事態だろう。しかし沙羅自身にそんな気持ちは毛頭ない。

「頭を上げてください。確かに思いもしない体験をしましたが、結果として父も私も無事でしたし、私自身にとっては決して無益ではなかったと思います」

沙羅の毅然とした態度に、槇田は微かに眉を上げる。

「ひとつだけ確認させてください。武尊は……一ノ瀬武尊は、当局の人間として貴女に不適切な行為をしましたか？」

武尊に負けず劣らず鋭い眼光を、沙羅はまっすぐに受け止める。彼が懸念している内容を正確に把握して、沙羅はにっこり笑って否定した。

「いいえ。彼は常に適切な行動をとられていました。むしろ……」

「むしろ？」

「いえ。つまり、かなりお荷物であった私を、根気よくフォローしてくださったと思います」

役立たずだった自覚はある。最初は流されていただけで、何をどうして良いかも全く分からなかった。とにかく父のことが心配で、元の生活に戻れるかどうかが問題の要だったと思う。

だけど途中から少しずつ変わった。人任せにするだけでなく、もっと自らの力で現状を打破したくなった。これはどう考えても武尊の影響が大きい。彼のようになりたかった。どんな苦境に陥っても、しなやかな強さとしたたかさを持って乗り越えていける人間に。

何より目の前にある不条理と闘える人間に。

「とにかく、貴女の周りにいた危険人物はほぼ排除できました。お父君はまだ病院で精密検査を受けられていますが、貴方はご帰宅されてももう問題ないはずです」

「ありがとうございます。ご尽力、感謝します。最後に——もう一度一ノ瀬さんにお会いしても良いでしょうか」

「まだ、意識が戻らないと思いますが」

あまりにあちこちの怪我が酷く、クスリの影響もあって、武尊はずっと病室で眠ったままだ。

「構いません。無事な顔を見られたらそれで帰ります」

「そういうことでしたら——」

槇田に病院に送ってもらい、面会謝絶の札がかかっている武尊の病室に足を踏み入れる。

点滴や酸素マスクに繋がれて、部屋の真ん中に置かれたベッドに武尊が横たわっている。額や布団からでた腕には包帯が巻かれていた。本当に、あの最後の戦いの時、彼が沙羅を助けるために動き回っていたこと自体がかなり奇跡的だったのだ。そのことを思うと、涙が出そうになる。あの軽口や沙羅を庇う動きは彼にとってギリギリのものだった。

それでも沙羅のために、あくまで平静を装っていた。そのことが嬉しくて切ない。

けれど、彼にとってはあくまで沙羅は捜査上の駒だった。ならばこれ以上彼の傍にいることはできないだろう。

——せめて最後に。

沙羅は意を決して彼の酸素マスクを少しずらすと、乾いた唇にそっと口付ける。

「ありがとう。こんな私を助けてくれて」

微かな声でそう呟く。すると意識がないはずの武尊の手が、そっと沙羅の手に触れる。

「武尊さん……？」

武尊の目がうっすらと開いた。

「沙羅……？」

名前を呼ばれた途端、目頭が熱くなって一気に涙がこぼれ落ちた。

「一人でも逃げろって言ったぞ？」

多少記憶が混濁しているらしい。ぼんやりしていた目の焦点が少しずつ合ってくる。

「……はい」

唇が震えて、そう答えるのが精一杯だった。

「無事か？」

「はい」

沙羅の返事を聞いて、武尊はまた目を閉じる。鎮静剤のせいで眠いのだろう。

「ごめんなさい」

「なにが？」

掠れた声で聞き返された。

「私のせいで、こんなに危ない目に遭わせてしまって」

「こっちこそ、危ない目に遭わせてすまなかった。それに……俺のケガはお前のせいじゃない。初めからあらゆるリスクは想定済みだ。殴られる時もそれなりにガードしてたしな」

「それでも……あちこち骨が折れてたって……」

「まあ多少はな。問題ない。だから……もう泣くな」

その言い方が優しくて、更に涙が溢れてしまう。

「ごめ、ごめんなさい、泣いたりしたくないのに」

「あーー、しょうがねえなあ」

武尊の目が開き、手が屈み込んでいる沙羅の頬に触れ、涙を拭った。

「お前は良くやった。おかげで……やつらを一網打尽にできたはずだ。楡の木会や堂島の店も閉鎖される。あそこで働いていた奴らも捕まって、娘達も一斉保護される予定になっている」

「～～～っ」

沙羅の願いを、武尊は正確に理解していた。

「ありがとうございます」

「お前の……ためだけじゃねえ。仕事をしただけだ」

「それでも……あの子達があれ以上彼らの食い物にされなくて良かったです」

「……ああ、そうだな」

表だって確認出来たわけではないが、少なくない少女達があの店で男達の餌食になっていた。沙羅にとって、それは当初の目的とは外れた部分ではあるが、無視できない状況だった。武尊はそんな沙羅の心情を知っていたのだ。だからその部分も含めて、事態の打開を図ってくれた。それは武尊の沙羅に対しての誠実さであり、武尊自身の正義感の表れでもある。短い同居生活の中で、沙羅が感じていたのはそんな武尊の無意識下の素顔だった。

そして武尊の正義感と誠意は、子供の頃に傷付けられた沙羅の傷を癒やして、救ってくれたのだ。

沙羅にとって、全ての男性は敵でモンスターだった。どんなに優しそうで誠実そうに見えても、いつ被っていた皮を脱いで牙を剝き出しにするか分からない。北斗のことさえも、心の奥底ではそう思っていたのかも知れない。

けれど武尊のことは信じられた。

「あなたが好きです」

するりと言葉が零れてしまった。しかし武尊の顔が微かに曇る。

「言いたかっただけなの。ごめんなさい」

慌ててそう言い訳した。彼を困らせたくはなかった。

「あなたみたいに、強くなりたかった」

それだけ言って立ち去ろうとする。一歩後じさった沙羅を、武尊の声が止めた。

「お前は弱くないよ」

「え？」

「あの時……俺はまだ高校生のガキだったけど、地下鉄で痴漢に遭ってたお前は、それでも震える声で助けを呼んだだろ？」

「え――？」

武尊が言う「あの時」が、沙羅が初めて痴漢に遭ってしまった時を指すのだと、数秒経って漸く気付く。

「え？　武尊さん？」

「ちゃんと聞こえた。普通は怖いと声さえ出なくなるんだ。でも凄く小さい声だったけど、沙羅はちゃんと抗おうとしてた。お前は……本当は弱くなんかないよ」

突如一気に既視感が湧き上がる。幼い自分を庇った広い背中。今より若い声。武尊に会ってから、不思議なくらいにあり続けた安心感。あの時、意識を失う直前に刻み込まれた姿。

「あの時の――？」

そのまま気を失ってしまったから名前を聞くこともできなかった。微かにでも覚えているのは頭に置かれた大きな手、広い背中と声だけだ。けれどとっくに忘れたと思っていた記憶は、今でもちゃんと残っていた。

「だから、お前はちゃんと胸を張って生きてな」

「…………はい」

頬に触れる手が、温かくて優しくて愛しい。この一ヶ月余り、辛い日々の中で、ずっと沙羅を守っていてくれた手だった。

沙羅はその手に頬を少しだけすり寄せると、手に取って布団の上に戻した。

「もう眠って……？」

「ああ……」

沙羅はもう一度、触れるだけのキスをすると、「ありがとう」と囁き、酸素マスクを戻して病室を後にした。

エピローグ

「所長～～～、この間の報告書と請求書でぇっす。よろしく！」

結局あれから武尊は厚生労働省を辞めた。単純に体の損傷が酷かったからだ。今でも一般人よりは格段に強いが、クスリの影響や拳銃で撃たれた後遺症があり、危険な任務に就きにくくなってしまった。とはいえ内勤には向いていない。自分が根っからの現場人間であることを武尊は自覚していた。

結局隠れ蓑だった探偵事務所を正式に開業し、今でも槇田の下請け的な依頼を請け負っている。そして何故かその事務所にはマニも付いてきた。使えるのは知っているので断る理由もない。

とはいえ。

「ねえ～～、前から言ってっけど、事務やマネージメントやってくれる人を雇いましょうよぉ！　僕は確かに便利屋だけどね！　ＣＩＡだった親父の影響でメカの改造も得意だけどね？　分野的に得手不得手はあるからね？」

マニも所詮は現場人間である。情報調達や物資調達は得意だが、細々とした事務仕事などは好きではない。しかし個人事務所として開設した以上、当局への書類作成や経理事務はきちっとする必要があった。

「いいじゃん、どうせ実家は金持ちなんだから多少は融通効くっしょ？」

「身も蓋もない言い方すんじゃねえ。そもそも実家ったって山や土地をなんぼか所有してるってだけで」

「普通の人は山林をいくつかなんて持ってないの！　しかも一等地なんだから大地主じゃん！」

否定はしない。実家の先祖が持っていた土地は、自然豊かで地下資源も豊富なのに加え、様々な利用価値があるので、結局一族はその管理事業で悠々と暮らしていける。しかし幼い頃は所有している山林を、見回りと称し祖父に連れ歩かれてなかなかの地獄だった。おかげで足腰やサバイバル能力はかなり鍛えられたとも言えるが。

「けど危険性が全くない訳じゃねえし、一般人を雇うのはなあ」

たまに逆ギレしたヤバいのがかちこみをかけてくることもあるので、耐性のない者を雇い入れるのは難しい。

「それがさ！　結構いいのがいるんだよ！　簿記や一般事務に通じてて合気道段持ち。それなりに度胸も据わってる」

「あ〜〜？　そんなうまい話があるか？」

眉唾な気がする。しかし実際煩雑な事務作業は武尊も苦手なため、机の上に書類などが溜まってきていた。一番の得意先の槙田にも、その辺はきっちりやっておくように強く厳しく言われている。

「せめてさ、面接だけでもしてあげてくんない？」

「あ？　まあいいけどよ……」

「やった！」

マニは嬉しそうにスマートフォンを弄り始めた。

今は短くなった黒髪を、ついクセでかき上げそうになって手が止まり、武尊はそのままポリポリと頭を掻いた。

以前の派手な格好は擬態だった。普通にしていても目立つ容姿の武尊は、それならいっそ、とインパクトのある外見を装うことで敵を攪乱《かくらん》していた。しかし、麻取りを辞めた今、その必要もなくなった。

あの事件からもう二年経つ。沙羅とはあれ以来一度も会っていなかった。彼女からなんの連絡もないし、武尊からもしていない。つまりはあの時だけの関係だったということだろう。

元々彼女とは住んでいる世界も違う。あんな事件さえなければ、彼女は何不自由なく静かに生きていける立場の人間だった。非日常的な状況におかれて、一瞬傍にいる男に惹かれたとしても、一種の生存本能だった可能性が高いだろう。

それでいい。――それがいい。

そう思うのに、彼女の最後の泣き顔は未だに武尊の胸の中で燻っていた。

下世話なことを言えば、もう一度だけでも彼女を抱きたかった。

『あなたが好きです』

真っ直ぐな目でそう言われた時、体さえ動けばそのまま抱いてしまいたかった。

──まあ向こうからしてみたら……正気に戻れば忘れちまいたいことだろうけどな。

そう思って武尊は自嘲する。今更ながら自分はおかしい。こんなに彼女を恋しいと想ってしまうなんて。アホか。

「武尊──。面接の人、三十分以内に来れるって。呼んじゃっていいよね？」

「あ、ああ」

マニの声に、物思いに耽っていた武尊は覚醒する。まあ事務やマネージメントをしてくれる人間は必要だし、会って決めればいいだろ。

「失礼します」

そう思っていたのに、きっかり三十分後にドアを開けて入ってきた人物を見て絶句する。

「沙羅……？」

濃紺のスーツを身につけ、顎の長さで髪を切りそろえた、二年分大人っぽくなった沙羅がそこに立っていた。

「面接を希望した匡貴沙羅です。所長、その前にちょっとこちらへよろしいですか？」

「あ？」

手招きされ、ドアの前の空いたスペースで右手を差し出された。

握手？　なんで？

訳が分からぬまま右手を差し出すと、目にもとまらぬ早さでその手を引っ張られ、バランスを崩したところで足払いをかけられてすっころぶ。

「うわ！」

完全に油断していた。とはいえ小柄な沙羅があんな見事な足払いを決めるなんて思ってもみなかった。

「やりました！　マニさん、成功です！」

「うん、沙羅ちゃん、見事だった!!」

二人が手を取り合ってきゃいきゃいはしゃぐのを、武尊は尻餅をついたままポカンとした顔で見ている。今のはなんだったんだ？

そんな武尊に嬉しそうな笑顔を向けて、沙羅は彼の傍にしゃがみ込んだ。

「じゃあ、あとは二人で色々話し合っといて。僕は午後休もらうから」

マニは浮かれた声で事務所を出ていく。

残された沙羅は、真剣そのものの表情で武尊にずずいと迫る。

「所長、どうでしょう？　もちろん経理や雑務も一通りできます。ここで雇って頂けますか？」

キラキラと期待満面の表情に、ようやく認識が追いついて武尊は呻いた。

「志望動機は！」

「え？」

「こんな変な事務所に、勤めようとする志望動機だ！　そもそもお前なら働かなくても食っていけるだろうが！」

　今度は沙羅がポカンとした顔になる。

「仰るとおり、うちは裕福なので私が働かなくても問題はありません。でも働いても問題はないはずです」

「そりゃそうだけど！」

「好きな人の傍にいたいと思いました」

「あ？」

「人間として信頼できる、一番大好きな人と一緒に働きたいと思って、その為に色々身に付けました。一応こちらが履歴書になります」

　差し出された履歴書の資格欄には元々持っていたらしきＭＯＳやＴＯＥＩＣ、秘書検定の他、普通自動車免許や合気道の段数まで載っていた。武尊と会わなかった間、かなりの努力をしたらしい。実際、元々の華奢な印象は余り変わっていないが、その動きや姿勢には凛《りん》とした鋭さが備わっている。

「まだこんなんじゃ足りないとは思いますが、それはこれからも鋭意努力させて頂きますので」

「おいおい俺みたいなチンピラのために？　マジかよ」

武尊は呆れかえった声を出す。

「武尊さんはチンピラじゃありません。でも……ご迷惑ですか？」

十センチ先にある沙羅の顔が近い。そして身に付けたスーツの、オープンカラーの襟元からはチラチラと胸元が覗いていた。

「……マジで、まだ、俺のことが好きなのか？」

熱を帯び始めた視線が絡まる。沙羅の目は真剣だった。

「何度も、気のせいじゃないかって思おうとしたんです。武尊さんがあの時私を抱いてくれたのはあくまで希望を叶えてくれただけだし、自分も切羽詰まっていた精神状態だったから、ただの思い込みや勘違いなんじゃないかって。でも……それでもあなたにずっと会いたかった。だから必要として貰えるように自分を鍛えて、父のことも説得しました」

恥ずかしさからか、沙羅の頰はうっすらと上気していた。胸元で握り込まれた手は僅かに震えている。

「武尊さんが私のことをなんとも思っていなかったとしても……あなたが好き。一緒にいたいの。だからあなたの傍であなたに振り向いて貰える努力をさせて欲しい。……ダメですか？」

潤んだ瞳。震える唇。艶めいて見える肌。二人の間にあるかもしれない住む世界とか立場の違いなどが武尊の頭から砕け散る。

こいつは俺のものだ。そして俺はこいつの――。

武尊は俯くと、喉の奥から声を上げてくつくつと笑い出した。

「武尊さん？」

沙羅は戸惑った顔になる。

「バーカ。とっくに俺はお前に堕ちてんのに」

ハッと目を見開く沙羅の頭を引き寄せて唇をぶつけ合う。

いつからかなんてよく分からない。最初は庇護するための存在でしかなかった。怯えていた彼女。不安で押し潰れそうになっていた彼女。

けれど、今まで知らなかった世界を見始めて、それまで彼女とは無縁だった弱者や歪んだ社会の構造を知って、彼女は少しずつ変わり始めた。

怒りや、憤りを知り、不条理な現実に抗う術を追い求め始めた。

過酷な試練に遭いながらも抗い、尚、純粋で真っ直ぐであろうとする姿は、武尊にとって驚くほどのまばゆさに変わっていったのだ。

深く舌を絡めながら彼女の呼気を吸い尽くそうとする。

「ん、んん……っ」

それでも手放そうとした。彼女のために、遠くから見守ればいいとすら思っていた。

それなのに彼女は武尊の目の前に戻ってきてしまった。

「もう……手放してやれねえぞ？」

五センチ先の瞳を覗き込みながら囁くと、彼女の目にたちまち涙の滴が盛り上がってくる。

「……もっと、キスして」

それが沙羅の答えだった。

武尊は、そのまま沙羅をソファに押し倒した。

◇

性急に彼女が着ていた紺のスーツを脱がし、ブラウスの前ボタンを外す。

「武尊さん、あの……」

よもやここでこんなことになると思っていなかったのだろう。沙羅が戸惑った声を出した。

「嫌か？」

武尊が訊ねると、沙羅は顔を真っ赤にして首を横に振る。

「悪いな。目の前の獲物は逃さないタチなんだ」

武尊がニヤリと笑うと、沙羅は覚悟を決めた表情で頷いた。

沙羅の短くなった黒髪に指を差し入れ、彼女の小さな頭を両手で包むようにすると、目を閉じて互いの額を合わせる。

「好きだ――」

限界まで潜められた声だった。それでも沙羅の耳にはちゃんと届いたらしく、溜まっていた涙がすぅっと目尻から零れ落ちる。武尊の太い親指がその涙をせき止めて拭った。

まるで磁力が発生したように、唇が重なった。ピタリと合わさり、互いの熱と柔らかさを確かめ合う。

「ん、……ふ、んん……」

沙羅の手が伸びてきて武尊の首に巻き付けられる。極上の美酒を飲んだ時の心地よい酔いのような感覚に陥る。その間にも武尊の手は沙羅の胸元に下り、はだけたブラウスの下の、レースをあしらったキャミソールの上から胸をまさぐった。

「は、ん……っ」

鼻にかかった甘い声が漏れる。武尊の唇が白い首筋に落ちていった。

「ぁん、……んん、ん……っ」

ブラ越しに胸の先端を押しつぶされると、沙羅の肌がビクビクと震えた。武尊はあやすように、唇にキスした。けれどその隙にも彼の手は勤勉に沙羅の背中に回り、ブラのホックを外してしまう。

固定されていたワイヤーは拠り所をなくし、胸から浮かび上がった。

すかさずタイトスカートのウエストからキャミソールの裾が引き抜かれ、ブラごと顎の下にずり上げられる。露わになった胸の突端に、武尊は遠慮なく吸い付いた。

「ひぅ……っ」

沙羅の目が硬く瞑られる。そんな沙羅を煽るように、武尊はピンク色の先端に舌を絡めると強く吸った。

「ぁあん……っ」

耐えきれずあがった嬌声《きょうせい》が、武尊の情動を更に駆り立てる。

「感じやすくなったな」

「そんな……」

「会わない間、俺を思い出したことは？」

沙羅は思い詰めたような目をすると、小さく頷いた。

「俺に抱かれた時のことも？」

沙羅の頬がもっと真っ赤に染まる。

「自分で慰めたりとかは……？」

意地悪な問いに、沙羅は眉をつり上げた。

「し、知りません！」

否定しないのが答えだろう。

「俺もだ」

「え？」

「何度も夢に出てきた。この柔らかい肌も、泣きそうな顔も、全部全部……」

「そんな……」

どう反応すればよいのか分からず、ただひたすら動揺してしまう。熱烈な告白に心臓が破裂しそうだった。

「正直に言えば、他の女でと思わないこともなかったが……無理だったな」

「えっと、それは……」

「沙羅じゃないと意味がない。沙羅しか抱きたくない」

ほわほわと、沙羅の顔が歓びに輝き始める。

「それでも必死で我慢してたのに、自分から来ちまったんだ。覚悟はできてんだよな？」

見つめ合い、互いの中の想いを確認する。

「──私もです。あなただけが欲しい。武尊さん以外欲しくない」

「上等だ」

短く言って笑うと、武尊はタイトスカートのホックも外してスカートを足から引き抜く。

「ストッキングなんか穿いてくんじゃねえよ」

「だって、面接だから一応ちゃんとした格好しなきゃって……っ」

「そういう真面目なとこも可愛いけどな」

可愛いと言われた途端、沙羅の顔が真っ赤に染まる。

「か、か、可愛いって……っ」

「ちょっと待て、動揺しすぎだろう」

「だって武尊さんがそんなことを言ってくれるなんて思ってなくて……っ」

「お前、俺をなんだと思ってんだよ……」

苦虫を噛み潰したような声で武尊は呟く。

「さっき俺をこけさせたのはこっちの足か？」

武尊は笑いながら沙羅の右足を抱き上げるとその太股にキスをした。

「おしおきだ」

「ひゃ……っ」

そして滑らかな足を撫でながら履いていたハイヒールを脱がせ、手品のようにストッキングも抜き去る。残っているのは白いレース地のショーツだけだ。

武尊の高い鼻がそのクロッチ部分に押しつけられる。

「や、ダメ……っ」

「ダメって、一回しているだろうが」

「そうですけど、それされると、止まらなくなっちゃう……」

「止まらなくなるって何が？」

「そ、それは………こ、声とか………」

「それはぜひ聞かせて貰おう」

「え？　や、ちょ、はあぁあああん……っ」

小さな布の上から、武尊は沙羅の一番敏感な部分を舐め始めた。割れ目の輪郭を確かめるように舌を滑らせると、みるみる内に下着はしっとりと湿ってくる。力んで閉じようとする沙羅の足を、武尊の腕ががっちりと防いでいた。

「お願い、そこ、本当にダメだから……っ」

懇願する泣き声とは裏腹に、益々下着は湿っていく。その濡れ方は、どう考えても武尊の唾液だけでは有り得なかった。

「脱ぐか？」

武尊が問うと、戸惑いながらも沙羅は頷く。

薄いショーツを足から引き抜き、濡れそぼった恥部を開かせると、恥ずかしさのあまり、沙羅は両手で顔を覆ってしまった。

「こら、そうしたら可愛い顔が見れないだろうが」

「か、可愛くなくていいので……！」

「バーカ。どんな顔も沙羅なら可愛いに決まってんだろが」

「ふぇ～～ん……っ」

泣きじゃくる沙羅が可愛くて、つい虐めたくなる。武尊は舌を尖らせて、何も身に付けていない陰部の、更に隠されていた小さな突起を探し当ててちゅっと吸った。

その途端、沙羅の体がビクビクと大きく跳ねる。

「――イったか？」

激しく息を切らしている沙羅は答えることができなかった。

「よーし、いい子だ」

今度は指で襞《ひだ》の間を探り、ぐちゃぐちゃと中を掻き混ぜ始める。

「ひゃ、あぁっ、あんっ、あぁあ……！」

武尊が指を動かす度に沙羅の嬌声は高くなる。

「ごめん、こっちも限界だわ」

小さく呻くと、武尊はかちゃかちゃとズボンのベルトを外し、前をくつろげて怒張しているモノを引っ張り出した。

「まだ、痛かったらごめんな」

余裕のない声で呟く。沙羅は小さく首を横に振った。

「挿れんぞ」

ポケットから取り出した避妊具を被せ、先っぽで沙羅の蜜口を擦って場所を調整すると、武尊は一気に沙羅の中を貫く。

「あはあああはあぁあん……っ」

大きく背中を反らせ、沙羅の内側が強く武尊を締め付ける。まるで猛獣に噛みつかれているような激しさだ。けれどやめたくはなかった。ひとつになる。そのことだけに集中する。

「沙羅」

低い声で彼女の名を呼び、両手の指を絡ませて手を握った。充分潤ってはいるがやはりキツい。でも動けなくはない。

繋がった部分に集中して、武尊はゆっくり腰を動かし始める。緩慢な動きに少しは安心したのか、強張っていた沙羅の体から少しずつ力が抜けていった。その機を逃さず、強く押し込む。

「あぁあんっ」

もう一度。もう一度。引いては強く押し込まれ、沙羅の額に大きな汗の粒が浮かんでいた。その汗を舐める。しょっぱい。

「沙羅」

見下ろしながら彼女の名を呼ぶ。

「……武尊さぁん……っ」

舌っ足らずな声で沙羅が答えた。その途端、彼女の中で武尊の分身がまた大きくなる。苦しそうに歪む眉間に、武尊はまたキスを落とす。

「好きだ」

「！」

言葉が魔法のように沙羅の体を溶かした。武尊は上半身を起こすと、沙羅の太股を抱き上げたまま激しく動き始める。

「あ、私も、私も——、ぁあああぁああ……っ」

沙羅の言葉にならない叫びが一番高くなった瞬間、一気に己を解放した。

沙羅の体の中で、強く吐き出し続ける。彼女はそれに応えるように、細かく震えながら徐々に弛緩していった。

◇

当然一度では済まず、事務所の窓から夕日が差し込む頃、疲れ果てた沙羅の裸体を抱き締めたまま、武尊はぽつりと呟いた。

「沙羅の親父さんに会いにいかないとな」

「……え?」

「帰したくない。このまま一緒にいたい」

子供っぽい感情だと分かっている。それでも我慢できなかった。今日まで離れていられたのが不思議なくらいだ。

「分かりました。私も一緒に行きます」

武尊の胸に頭をすり寄せて、沙羅も囁く。離れ難いのは沙羅も同じだった。

「でも……私が色々勉強したり習い始めたりした時点で、覚悟はしていると言ってました」

「……ああ」

「それに——」

「ん？」

「今日は帰らないかもと言ってきたので」

上目遣いに告げる沙羅の顔を、武尊は目を見開いて凝視する。沙羅は恥ずかしそうに視線を逸らした。

「すみません」

「いや、謝ることはないけど……」

武尊の胸に顔を押しつけた、沙羅の首の後ろが赤い。可愛い。愛しい。思った以上に手強くなるかもしれない。

様々な予感が武尊の胸を震わせる。結局武尊は沙羅の体を抱き締め直しながらクスクスと笑い出した。

あとがき

こんにちは。あるいは初めまして。天ヶ森雀と申します。この度は「刹那の純愛　～箱入り令嬢は狂犬と番う～」をお手に取って頂きまことにありがとうございます。今回は私にとって初めてのバイオレンス風ＴＬ作品だったのですが、いかがだったでしょうか。

そもそもこんな話を書こうと思ったきっかけですが、私が書いた今までの話、ヒロイン（とか脇役）は割と気に入って頂くことも多いのですが、対してヒーロー役に辛口コメントを頂くことが多く。もちろん感想は読んだ方の自由ですし、全ての読者の方がそうとは限らないと分かってはいるのですが、作者本来のヒロイン好きが高じている自覚もあり。そこでたまにはインパクトのあるヒーローが書けないかな、と思ってひねり出したのが武尊です。美形、長身、筋肉、プラスとにかくひたすら強くて、でもヤバそうな。で、そんな男が出てくるお話を考えたらこうなりました。

とはいえバイオレンスなんて、読んだことはあっても書くのは初めてで。知識のなさを痛感し必死で資料を集め、書いても書いても出てくる暴力シーン等に「あれ？　これ本当にTL？」みたいになりながら、青息吐息で書きました。えーと、多分大丈夫です。TLです。編集さんも校正の段階でかなり恋愛寄りに戻してくださいましたし。

そんなわけで私が書いた中では比較的異色と思われる今作、読んでくださった方にも楽しんで頂ければ大変大変嬉しいのですが。


尚、内容を鑑みた担当編集氏が「これは筋肉ですね♡」と今回の表紙や挿絵担当に石田先生を推してくださって思わず奇声発生、いつも濃厚なエロス筋肉を描いてらっしゃるのを拝見していたのですっごく嬉しいです。皆さんどうぞ、えっろい筋肉武尊と清純沙羅を御堪能してください！　私はします!!　お引き受け頂き本当にありがとうございます！

そしていつもお世話になっている担当さん、装丁デザインや流通関係諸々の皆さん、本当にありがとうございます。少しでも売り上げて御恩が返せますように。

最後に、読んでくださった読者様、本著を少しでも楽しんで頂ければ幸いです。

天ヶ森雀拝

２０２２年　秋暁

本書は、電子書籍レーベル「らぶドロップス」より発売された電子書籍『箱入り令嬢は狂犬と番う』を元に、加筆・修正したものです。

★著者・イラストレーターへのファンレターやプレゼントにつきまして★
著者・イラストレーターへのファンレターやプレゼントは、下記の住所にお送りください。いただいたお手紙やプレゼントは、できるだけ早く著作者にお送りしておりますが、状況によって時間が掛かる場合があります。生ものや賞味期限の短い食べ物をご送付いただきますと著者様にお届けできない場合がございますので、何卒ご理解ください。
送り先
〒160-0004　東京都新宿区四谷 3-14-1　UUR 四谷三丁目ビル２階
(株) パブリッシングリンク　蜜夢文庫 編集部
〇〇（著者・イラストレーターのお名前）様

利那の純愛
～箱入り令嬢は狂犬と番う～

２０２２年１１月２９日　初版第一刷発行

著……………………………… 天ヶ森雀
画……………………………… 石田惠美
編集……………………………… 株式会社パブリッシングリンク
ブックデザイン……………………………… しおざわりな
（ムシカゴグラフィクス）
本文ＤＴＰ……………………………… ＩＤＲ

発行人……………………………… 後藤明信
発行……………………………… 株式会社竹書房
〒 102-0075　東京都千代田区三番町８－１
三番町東急ビル６Ｆ
email：info@takeshobo.co.jp
http://www.takeshobo.co.jp
印刷・製本……………………………… 中央精版印刷株式会社